KB073385

그대의 날씨

그대의 날씨

초판 1쇄 인쇄일 2020년 10월 14일
초판 1쇄 발행일 2020년 10월 17일

지은이 권순범
펴낸이 양옥매
디자인 임홍순 임진형
교   정 조준경

펴낸곳 도서출판 책과나무
출판등록 제2012-000376
주소 서울특별시 마포구 방울내로 79 이노빌딩 302호
대표전화 02.372.1537   팩스 02.372.1538
이메일 booknamu2007@naver.com
홈페이지 www.booknamu.com
ISBN 979-11-5776-947-6 (03800)

이 도서의 국립중앙도서관 출판시도서목록(CIP)은
서지정보유통지원 시스템 홈페이지(http://seoji.nl.go.kr)와
국가자료공동목록시스템(http://www.nl.go.kr/kolisnet)에서
이용하실 수 있습니다. (CIP제어번호 : CIP2020042436)

그대의 날씨

권순범 수필집

노년의 삶은 슬픕니다. 건강과 평안, 그리고 행복 한 줌이 설령 있다고 해도 언제 끝날지 모르는 불안이 깃들어 있기 때문이죠.

바쁘게 살아온 지난날을 돌아보며 아무리 후회하고 그리워해도 소용없습니다. 인생이란 앞으로만 가야 하는 길이기에 되돌아가고 싶어도 갈 수 없답니다. 지나온 그 길이 가시밭인 줄 알았는데, 사실은 꽃밭이었음을 깨닫습니다.

꽃은 들이나 산에서 피어납니다. 잘 닦인 아스팔트가 아니라 부드러운 흙에서 살지요. 비 오는 날엔 질척거리고 맑은 날엔 버석거리는 그곳이야말로 우리가 살아야 할 생활 터전이란 것을 어리석게도 이제야 알게 된 것입니다.

동 시대를 함께 걸어온 여러분에게 제 삶에 대한 감회를 열어 보이고 싶어 이 글을 세상에 내놓습니다. 많이 부끄럽습니다.

읽으시며, '내 곁에 이렇게 살아가는 인생도 있구나.' 하는 정도로 이해해 주신다면 저로서는 더 바랄 게 없습니다.

2020년 10월
권 순 범

☼ 차 례 ☼

1부

곁에 있어도
그립다

그대 멀리 있어도 나는 알 수 있어요
그대 얼굴 숨소리 고스란히 느껴요
사랑하나 봐요 그대를 눈 감고 그려 봐요

1

둥근달

거실 마루에 달빛이 가득합니다. 창문을 열고 달을 찾아봅니다.

제 이마 바로 위에서 내려다보며 미소 짓고 있습니다. 보면 볼수록 마음이 따뜻해집니다. 귀뚜라미도 달을 보고 있는지 울음을 그쳤습니다. 한 줄기 바람이 소슬하게 불어옵니다.

이제 곧 한가위. 이맘때 보는 둥근달은 여느 때보다 훨씬 크고 아주 노랗습니다. 사랑이 차고도 넘칠 만큼 넉넉해 보입니다.

그날 밤도 그랬습니다. 평소 같으면 가로등 주변만 밝았을 텐데 교정 전체가 훤히 보였습니다. 엄마와 단둘이 달그림자 밟으며 텅 빈 교정을 걸어가고 있었지요.

밤 10시쯤에 수업이 끝나서 나가려고 하는데, 교실 문밖에 서 있는 엄마를 보았습니다. 저를 보며 손짓하고 계셨어요.

"어쩐 일이세요?"

"응, 네가 배고플까 봐."

그러시면서 옆 교실 쪽으로 제 팔을 당기시는 것이었습니다. 마지못해 끌려가면서 저는 엄마에게 이런 말을 했습니다.

"집에 가서 먹어도 되는데, 뭐 하러 여기까지 오셨어요. 창피하게."

마지막 말 '창피하게'에 일부러 힘을 주었습니다.

그때 저는 야간대학교에 다니고 있었습니다. 회사에서 일이 늦게 끝나면 저녁 식사를 거른 채 곧바로 교실에 들어가곤 했었습니다. 여유가 조금 있으면 학교 앞에서 라면이라도 후딱 먹고 뛰어가야 수업 시간에 간신히 맞출 수 있었지요.

수업이 끝나 밤늦게 집에 돌아가면 엄마는 늘 저녁은 먹었냐고 제게 물으셨습니다. 그럴 때마다 건성으로 대답하곤 했었는데, 학교를 찾아오시기 전날 밤엔 일이 늦게 끝나서 먹지 못했다고, 밤참 좀 주십사고 했더니 그렇게 찾아오셨던 것입니다.

엄마가 들고 온 보자기 속에는 사기그릇 두 개와 작은 종지 한 개가 있었습니다. 밥과 국, 그리고 김치 몇 조각. 내용물보다 그릇 무게가 훨씬 무거워 보였습니다. 그것을 이 손 저 손으로 번갈아 들며, 돈암동에서 명륜동까지 그 먼 길을 걸어오셨을 엄마를 생각하니 마음이 아팠습니다.

모질게 마음먹었지요. 다시는 학교에 찾아오시지 않도록 '창피하다'는 말에 힘을 주었던 것입니다. 그런데도 제 말엔 아무런 반응을 보이지 않으시고, 그저 천천히 먹으라는 말씀만 하셨습니다. 다 먹고 나서 엄마를 뵈니 잔잔한 미소를 짓고 계시더군요.

너무 심하게 말씀드린 것 같아서 죄송스러워 교정을 걸어 나올 때 땅만 보고 있었습니다. 그런데 말없이 걷던 엄마가 갑자기 걸음을 멈추시더니, 밤하늘을 바라보며 한 말씀하시는 것이었습니다.

"참 밝다!"

저도 걸음을 멈추고 하늘을 보았습니다. 둥근달이 얼마나 크고 밝던지….

2학기가 시작된 지 몇 주 지나지 않았을 때였으니까, 지금처럼 추석이 가까웠을 것입니다. 그렇게 심한 핀잔을 들으시고도 아무렇지 않은 듯이 밥 먹는 제 모습을 지켜보며 빙그레 웃어 주셨던 엄마. 돌아올 때 보자기를 제가 들겠다고 아무리 졸라도 끝내 주지 않으셨던 엄마. 그런 엄마를 가자미눈으로 보며 걸어가던 그날 밤 그 달빛이 요즘은 얼마나 그리운지 모르겠습니다.

이마 위에 떠 있는 저 둥근달은 그때 그 교정을 말없이 비춰 주던 바로 그 달인데, 엄마는 이제 제 곁에 안 계십니다.

쌓였던 그리움이 다 풀릴 때까지 하염없이 달을 바라봅니다. 할 말은 많은데 나오지는 않고, 그저 '엄마, 엄마'만을 되풀이하고 있습니다. 달도 제 마음을 아는지, 떠나지 않고 저를 계속 내려다봅니다. 밤은 점점 깊어만 가는데….

2

밤알 다섯 개

허리 꾸부정한 할머니가 길가에 쪼그리고 앉아 손으로 풀을 고르고 있었다. 공공 근로를 하고 계신 듯했다.

함께 걷던 아내가 발을 멈추더니, 다가가서 "이것 좀 드셔 보세요." 하며 과자 몇 개를 손에 쥐어 드렸다.

할머니는 앉은 자세로 집사람을 올려다보며 말씀하셨다. "아이구, 이런 고마울 데가…." 그분의 눈빛에서 따뜻한 감동이 느껴졌다.

서너 발자국쯤 걸었을까, 뒤에서 부르는 소리가 들렸다. 뒤돌아보니, 할머니가 우리에게 와 보라고 손짓하고 있었다.

무슨 일인가 싶어, 아내가 그분에게 다시 다가갔다.

할머니가 허리춤에서 뭔가를 꺼내더니 집사람 손에 쥐어 주며 이렇게 말했다. "이것 좀 자셔 보셔유. 저 위 비탈에서 주운 건디, 보기보담 맛있어유."

　아내가 돌아와서 내 손에 밤알 세 개를 쥐어 주었다. 자기는 두 개를 갖고.

　밤알이 엄지손톱만 했다. 호주머니에 넣고 집으로 돌아왔다. 착한 아내와 살다 보니 이런 선물도 받는구나 생각하면서.

　옷을 갈아입으며 밤알을 탁자 위에 꺼내 놓았다. 아내도 덩달아 그 옆에 내려놓았다.

　밤알 다섯 개. 바라만 봐도 마음이 따뜻해진다. 할머니의 눈빛을 닮은 것 같기도 하고, 아내의 눈빛을 닮은 것 같기도 하다.

3
밤 풍경

누구나 한 번쯤은 밤중에 깨어나 잠 못 이루는 경험을 해 보았을 것입니다. 밤의 그 신비하고 아름다운 모습을 보고 듣고 만지며, 느끼고 꿈을 꾼 적이 없다면 지금이라도 한번 해 보시기 바랍니다.

사실 저도 그동안은 달빛이 창문을 열고 매일 제 침실에 소리 없이 들어오는 것을 몰랐습니다. 어느 날 우연히 알게 된 후부터 그것을 보려는 설렘으로 잠을 일부러 깨곤 했는데, 이젠 거의 습관처럼 되었지요.

저의 집은 침실 한쪽 벽면이 온통 유리창으로 되어 있어서, 침대에 누워 창문 쪽으로 눈만 살며시 뜨면 바깥 풍경을 언제든지 바라볼 수 있습니다. 집사람이 방문 쪽으로 누워 자는 덕분에 이런 호사를 누리고 삽니다. 제가 가로막는 바람에 그녀는 이 좋은 모습을 보지 못했을 것입니다. 핑계가 될지 모르겠지만, 언젠가 잠자리를 바꿔 보자고 말했었는데 싫다고 하니 저로서도 별 도리가 없습니다. 그렇다고 해도 자꾸 미안한 마음이 듭니다.

　오늘도 어김없이 잠에서 깨어, 이불 속에서 밤 풍경을 감상하고 있습니다.

　한 폭의 그림 같습니다. 창밖은 아래부터 삼분의 일은 땅이요 그 위는 하늘인데, 밤인데도 달빛 때문인지 그리 어둡지 않고, 옅고 차가운 푸른색이 감돌고 있습니다. 하늘과 땅이 맞닿은 지평선에는 샛노란 불빛들이 일정한 간격으로 촘촘히 가로질러 있고, 그 아래로 흰 불빛과 노란 불빛이 듬성듬성 섞여 있어요. 아름답습니다. 아무리 봐도 질리지 않습니다.

　달빛이 침실 안에 언제 들어왔는지, 천장과 발 아래로 마주 보이는 벽면이 은은하게 밝습니다. 벽에 걸린 운보의 〈석류〉 그림이 저를 내려다보고 있네요. 다산(多産)할 나이는 지났는데 저보고 어쩌라는 건지. 옆에 누운 집사람의 얼굴을 슬며시 들여다봅니다. 곤히 잠든 모습이 평화롭습니다. 몸을 돌려 얼굴을 가까이 대고 주름살이 몇 개인지 세어 보다가 그만둡니다. 그 대신 볼에 살짝 입맞춤을 합니다.

　어떤 움직임이 들리는 것 같습니다. 눈을 지그시 감고 귀를 바짝 세워 들어 봅니다. 때 아닌 계절에 귀뚜리가 울 리도 없고. 그럼 뭘까요? 벽에 비친 달그림자가 조금 달라져 있습니다. 하면 조금 전의 그 느낌은 달이 저 몰래 걸어가는 소리이겠지요. 그게 아니라면 시간이 흘러가는 소리일지도 모릅니다.

조용히 잠자던 집사람이 쌕쌕 소리를 냅니다. 호흡이 고르니 참으로 다행입니다. 언젠가 그녀에게 코를 조금 골더라고 말했더니, 제가 더 크게 골더라고 대답했던 적이 있습니다. 그러니까 악기로 말하면 아내는 더블베이스이고 저는 트럼펫이지요. 우리 둘이 함께 코를 골면 들을 만할 겁니다. 듣기 좋은 그 연주, 상상만 해도 재미있습니다.

한참을 뒤척이다가 아내가 깨지 않도록 조심하며, 아주 천천히 허리를 곧게 펴고 앉습니다. 창밖을 다시 봅니다. 아까 본 풍경과 조금 다릅니다. 이제는 하늘 반, 땅 반입니다. 지평선 훨씬 아래로 흰 불빛과 노란 불빛이 띄엄띄엄 움직입니다. 누가 어디로 가는 걸까요. 무슨 급한 용무가 있어서 이 깊은 밤에 저렇게 바삐 가고 있는지 궁금해집니다. 저는 그저 먹고 자고 놀고, 가끔 책을 읽고 글 쓰는 일이 전부인데….

나도 뭔가를 다시 해 봐야 하는 게 아닐까. 아무리 생각해 봐도 제겐 그럴 일이 없습니다. 잠자리를 벗어나 방문을 열고 살금살금 서재로 걸어갑니다. 못다 쓴 수필을 읽어 보고 이렇게 저렇게 고쳐 봅니다. 아무리 읽어 봐도 마뜩찮습니다. 포기하고 침실로 다시 돌아옵니다. 제 움직임 때문인지 집사람의 호흡에 기복이 생겼습니다. 점차 빨라집니다. 나쁜 꿈을 꾸는 모양입니다.

조심조심 침대에 누워 그녀의 손을 살며시 잡아 줍니다. 제가 자신을 붙들어 주고 있다는 느낌이 들어서인지, 숨이 고르게 가라앉습니다. 그러다가 다시 쌕쌕 소리를 냅니다. 이젠 저도 안심이 됩니다. 주위를 둘러보니, 달빛이 어느새 사라졌습니다. 하긴, 달에게 제 방만 계속 비춰 달라고 하는 것은 욕심이겠지요.

'그나저나 이 사람이 건강하게, 오래 살아야 할 텐데…' 하다가, '아직까지는 별문제 없으니까, 앞으로 조심만 하면 오십 년은 더 살 수 있을지도 몰라.' 하며 혼자 말하고 혼자 웃습니다. 그렇게 되기를 하나님에게 빌어 봅니다. 저보고 '욕심이 너무 많아.' 하십니다. '그러면 하나님, 그 반만이라도 안 되시겠습니까?'

슬슬 졸리기 시작합니다. 달리 할 일도 없고, 다시 잠을 청해 봅니다. 아침이면 일어나야 하니까요. 이제부턴 꿈이라도 꿔 봐야겠습니다. 이 밤의 아름다운 풍경을 머릿속에 그려 보며 눈을 스르르 감습니다. 꿈나라로 점점 빠져들어 갑니다.

4

돼지의 미소

나는 가끔 재래시장에 간다.

그곳엔 수더분한 아줌마들이 있어서 좋다. 가게엔 어릴 때 즐겨 먹던 반찬 시금치와 콩나물이 있고, 좌판엔 요즘도 좋아하는 간식 꽈배기가 있다. 사는 사람이나 파는 사람 모두가 알고 지내는 친구처럼 정겹다.

오늘도 나는 시장에 와 있다. 아내가 밀고 당기며 값을 흥정하는 동안 뒷짐을 지고 이곳저곳을 기웃거린다. 돼지머리가 눈에 들어온다. 웃는 듯 마는 듯 묘한 그 미소에 마음을 뺏기고 있다.

돼지라고 해서 특별히 죽을 때 웃는 것은 아니다. 찡그린 표정이나 울부짖는 얼굴이 대부분이다. 하면, 죽는 순간에도 웃을 수 있는 저 여유는 무엇인가. 도대체 어떤 이유로 웃음이 흘러나왔을까.

돼지의 수명은 대략 10년. 사람 손에서 자라다가 도축되는 것은 태어난 지 1년도 안 될 때라고 한다. 그렇다면 어린 나이의 저것이 법열을 깨닫기라도 했단 말인가, 해탈의 경지에 들어서기라도 했단 말인가.

법열이나 해탈은 아무나 하는 게 아니다. 사람도 하기 힘든 일 아닌가. 전생에 죄를 지어 돼지로 태어난 저것이 어떻게, 그 짧은 기간에 모든 번뇌로부터 벗어났다는 것인지 나로서는 도저히 믿기지 않는다.

하늘나라에서 살던 어느 높은 분이 월궁항아를 희롱했다는 죄로 잠시 하계에 내려와 돼지로 살다가 돌아갔다는, 그 전설의 후예들 중 하나가 혹시 아닐까.

그럴 수도 있다. 그래서 옛날부터 웃는 돼지만을 신으로 섬겨, 하는 일마다 좋은 결과를 주십사 하고 고사 지내는 건지도 모른다.

돼지는 복을 상징하는 동물이다. 우리가 복을 받으려면 꿈에서라도 그것을 봐야만 한다. 아무거나 그렇다는 건 아니다. 죽을 때 저렇게 웃을 수 있는 돼지라야 한다.

웃음은 생리적이라기보다 심리적인 반응이고, 그것은 문화적인 의미를 나타내므로 돼지는 절대 웃지 못한다고 학자들은 주장한다. 하지만 나는 그 말을 믿기 어렵다.

사람만이 웃을 수 있다고 가정해 보자. 우스운 일을 보았거나 들었을 때 웃는 것은 누구나 그렇게 한다. 지극히 자연스러운 반응일 뿐이다. 하지만 죽는 순간에 웃었다는 사람을 나는 여태껏 듣지 못했다. 있다고 해도 드물 것이다. 그렇다면 저 돼지는 우리들보다 낫지 않은가.

죄수가 감옥에서 풀려날 때의 해방감과 죗값을 다 치르고 났을 때의 안도감 같은, 차마 드러나게 웃지 못하는 은근한 웃음. 돼지로 살다가 하늘나라로 복귀하게 될 때의 심정과 같은 저 웃음. 떠나면서 다시는 윤회하지 않겠다고 말씀하셨다던 부처님의 미소. 이런 웃음들로부터 뭔가 일맥상통하는 느낌이 드는 건 우연이 아닐지도 모른다.

부럽다. 나도 저렇게 웃으면서 떠날 수 있을까. 하늘나라로 가고 싶은데, 갈 수나 있을까. 그래야만 엄마도 만나 볼 텐데….

"여보, 이제 그만 가요~"

돼지머리를 보며 이런저런 생각을 하고 있는데, 갑자기 아내의 목소리가 천둥처럼 들려온다.

"응, 그래."

입으론 대답하면서도, 눈은 계속 돼지머리를 바라보고 있다.

"빨리요~"

아내를 열심히 쫓아간다. 돼지의 미소가 뒤에서 나를 자꾸 붙든다.

5

곁에 있어도
그립다

나는 아내와 단둘이 산다.

서로 바라보고 있을 때가 자주 있다. 마주 보며 이런저런 얘기 나눌 때가 참 좋다.

아들딸 얘기, 손자들 얘기, 옆집 사람들 얘기. 그런 소소한 얘기들을 주고받다 보면 크게 웃을 일은 없지만 가끔은 미소 지을 때가 있다. 별것도 아닌 에피소드들이지만 재미있게 들어 주는 것도 서로에 대한 배려라는 것을 우리는 잘 안다.

각자 자기만의 시간을 갖고 싶을 때도 물론 있다.

내가 글을 쓰고 싶을 때나 아내가 동네 아줌마와 수다 떨고 싶을 때는 그런 마음을 슬쩍 내비친다. 이를테면, 나는 일어나서 창밖의 풍경을 말없이 바라보고 그녀는 휴대폰을 들여다보곤 하는 것이다.

그럴 때면 슬그머니 일어나서 자리를 비켜 준다. 부담 갖지 않
도록.

때로는 누군가로부터 전화가 오기도 한다.
내겐 그럴 일이 별로 없지만 마당발인 아내에겐 가끔 있는 일
이다.
통화 중에 웃음꽃이라도 피게 되면, 무슨 얘기인가 궁금해서
귓문을 살짝 열어 놓을 때도 있다. 들어 보면 별 얘기도 아닌 것
같은데 계속 웃는다. 그럴 때면 나도 다른 곳을 바라보며 슬며시
웃곤 한다. 재미있어서가 아니라 웃는 모습이 보기 좋아서다.

아내를 한동안 보지 못할 때도 가끔 있다.
목욕탕에 가고 없거나, 친목 모임에 나가서 내 곁에 없을 때는
마음이 허전해지며 그녀가 그리워진다. 어린애가 엄마를 기다리
는 것처럼 자꾸만 보고 싶은 것이다.
예상보다 귀가 시간이 늦어지면 이제나저제나 하며 기다려진
다. 너무 늦으면 화가 나지만 막상 보면 반가워서 또 웃게 된다.

같이 있을 때도 계속 마주 보고 있지는 않다.
나란히 앉아서 텔레비전을 보고 있을 때가 더 많다. 가끔 곁눈
질해 보면 드라마에 푹 빠져 있어서 나랑은 눈도 잘 마주치지 않

는다. 말 붙이기가 미안하다. 그럴 때마다 나는 아내 곁에 있어
도 외로움을 느낀다.

보고 있어도 보고 싶다는 말을 알 것 같다. 속으로 '나 좀 봐 달
라'고 보채게 된다.

오늘은 아내가 외출 중이다. 불과 몇 시간인데, 그새 또 보고
싶다.

책상 앞에 앉아서 그녀를 생각하고 있다. 종이 위에 내 심정을
몇 자 써 본다.

그대 멀리 있어도 나는 알 수 있어요

그대 얼굴 숨소리 고스란히 느껴요

사랑하나 봐요 그대를 눈 감고 그려 봐요

늙으면 어린애가 된다더니, 내가 그렇다.

아내가 엄마처럼 그립다. 자꾸 조르고, 보채고 싶다. 나만 바
라보라고 시선을 끌고 싶다.

막상 보면 할 말도 별로 없지만 보고만 있어도 얘기하는 것 같
아서 좋다.

곁에 있어도 그렇게, 그녀가 그립다.

6

중독된 고독

아무에게도 말 못 할 사연이 누구에게나 한두 개쯤은 있을 것이다. 비슷한 환경에서 고락을 함께 나눈 친구가 아니면 이해하기 어려운 화제가 있게 마련이다. 오래된 친구라야 어떤 얘기를 하든지 서로 공감할 수 있다.

내 나이의 남자에겐 새로울 일이 별로 없다. 같은 일상의 반복이다. 혼자 우두커니 앉아, 추억 속으로 들어갔다가 옛날 무성영화 한두 편을 보고 나온다. 말하고 싶은데 말하지 못하고 듣고 싶은데 듣지 못하는 마음의 병이 하루하루 쌓여 간다.

오랜만에 옛 친구를 만났다. 작금의 세태와 추억 속의 일들을 오징어 다리 씹듯이, 한 말 또 해 가며 계속 얘기를 나누었다.

지금은 집으로 돌아가는 중. 두 시간을 떠들어서 그런지 입안이 아직도 얼얼하다. 나답지 않은 모습을 되돌아보며 병이 적잖

게 깊어졌음을 느낀다. 버스 안에서 내 딱한 처지를 스스로 걱정하고 있다. 살날이 많이 남았는데 벌써부터 이러면 어쩌나….

'외로움은 인간의 마음을 눈뜨게 한다'[1]더니, 어리석게도 이제야 떠나간 친구가 그립다. 지나간 옛날이 그립다.

주변에 사람이 아무리 많아도, 마음속에 있는 말을 나눌 친구가 곁에 없다면 누구나 고독을 느끼게 될 것이다. 말하고 싶은데 말하지 못하는 이 병은 생각보다 훨씬 무섭다. 이런 정신질환은 겉으로 잘 드러나지 않으면서 사람을 시름시름 앓게 만든다. 고독이란 것에도 중독될 수 있는 것인지는 잘 모르겠지만 이런 내 모습을 돌아볼 때마다 걱정이 되곤 한다.

은퇴한 지 십여 년. 처음엔 곧잘 연락이 되던 친구도 시간이 갈수록 보이지 않는다. 수소문해 봐도 행방을 알 길이 없다. 친구를 만나지 못해 생기는 이 마음의 병을 해결할 다른 방도는 없는데, 정말 큰일이다. 하루하루 증세는 더 심해져 가고.

동네분들과 스스럼없이 지내보려고 노력하지만 어느 세월에 옛 친구만큼 툭 터놓고 지낼 수 있을지 장담하기 어렵다. 취미가 같은 모임에 나가 봐도 뜻이 맞는 사람을 찾아보기가 쉽지 않다. 나이 차가 있어서 그런지, 성별이 달라서 그런지, 살아온 인생이 달라서 그런지, 그것도 아니면 내 성격이 유별나서 그런지, 노력해 보다가 제풀에 꺾여 번번이 그만두고 만다.

요즘은 사람 만나기를 아예 포기하고, 홀로 생각을 가다듬으며 그럭저럭 하루를 보내고 있다. 심심하면 뜰에 나가 바람과 친구처럼 얘기하며 지낸다. 가끔 혼잣말로 중얼거리기도 하는데, 남들이 보면 이상하다며 피해 갈지도 모르겠다. 그렇게 고독한 생활에 젖어 들고 있다. 하루하루 더 중독되어 가는 것이다.

내 곁에 친구 같은 아내가 있다는 사실 하나가 마음에 적잖이 위로가 된다. 참기 힘들면 그녀와 시내에 나가 쇼핑도 하고, 영화도 보고, 식사도 한다. 요즘엔 세상 돌아가는 얘기를 해도 곧잘 받아들인다. 인생철학은 나보다 한 수 위인 것 같다. 우리가 함께 지낸 세월이 무려 40년이니, 무슨 얘기인들 통하지 않으랴.

친구와 말하지 못해 생기는 정신적 스트레스, 중독된 고독을 아내와 얘기하며 풀어 버리는 나만의 이 비방은 견디기 힘들 때만 이용하고 있다. 약효가 친구만큼은 안 되지만 아픔을 참을 만은 하다. 상비약처럼 늘 내 곁에 있는 그녀가 고맙게 느껴진다.

집에 돌아와, 부엌에 있는 아내에게 큰 소리로 말한다.

"여보, 나 왔어. 고마워."

평소 같으면 "오셨어요?" 하고 말 텐데, 고맙다는 인사 때문인지 내 쪽으로 고개를 돌린 그녀의 얼굴 표정엔 '웬 뜬금없는 소리냐'는 물음이 어려 있다.

나는 빙그레 웃어 보인다. 그리고 속으로는 이렇게 대답하고
있다.

"고독할 때 당신한테라도 의지할 수 있으니까, 좋아서 그래."

7

나의 날개

그 소녀는 엄마를 따라 나들이 가는 일을 무척이나 즐거워했다. 지나가는 사람들이 바라보곤 했지만 그때마다 자신이 고운 옷을 입었기 때문이라는 말에 마냥 기쁘기만 했다.

엄마가 세상을 떠난 후론 전혀 바깥 구경을 못 해 본 그 소녀가 어느 날 새엄마에게 외출을 공손히 부탁했다. 그때 새엄마는 이렇게 대답하며 퉁박을 주었다.

"얘, 넌 꼽추잖니! 널 데리고 나가면 사람들이 나더러 뭐라고 하겠냐?"

소녀는 그제야 자기의 처지를 깨닫게 되었다.

여름이 지나 겨울이 오고 다시 봄이 되었을 때, 슬픈 소녀는 죽어서 땅에 묻혔다.

천사가 무덤을 찾아와 소녀를 불러냈다. 엄마가 계신 하늘나라로 가자고 했다.

소녀가 천사에게 물었다.

"꼽추도 그곳에 갈 수 있어요?"

"그럼, 갈 수 있고말고."

천사가 소녀의 등을 어루만지자 그 안에 접혀 있던 눈부신 두 장의 날개가 펴지면서 날아갈 수 있게 되었다.

하늘나라로 올라가자, 기다리고 있던 엄마가 어린 딸을 두 팔로 꼭 껴안았다.

위 글은 독일 시인 레안더의 동화 「어린 꼽추」의 대략적인 내용이다.[2] 평소에 나는 '엄마', '하늘나라', '천사', '날개' 등의 낱말을 자주 음미해 왔던 터라, 내게 많은 것을 생각하게 한다.

영혼은 어떻게 생겼을까. 육체와 똑같이 생기지 않았을까.

그럴 것이다. 그래야 누구의 영혼인지 금방 알아볼 수 있을 것 아닌가.

죽은 소녀의 엄마가 자기 딸을 보자마자 '내 딸이구나!' 하며 껴안을 수 있었던 것도 딸의 영혼이 살아 있을 때 모습 그대로였기 때문일 것이다. 그렇지 않았다면 자기 딸이 과연 맞는지 일일이 물어보며 확인했어야 한다. 그러는 동안에 그토록 기다려 왔던 모녀 상봉의 반가움은 조금이나마 식어 버릴지도 모른다.

영혼이 살아 있을 때의 모습과 똑같다고 해도 걱정스럽기는 마찬가지다.

하늘나라에 계시는 엄마는 돌아가실 때 얼굴 그대로이겠지만 나는 지난 십수 년 동안 많이 변해 버렸다. 앞으로 이삼십 년을 더 살다가 엄마를 만나게 되면 나를 알아보실 수나 있을지 모르겠다. 늙어도 어느 한구석에 옛날 모습이 남아 있어 알아보시기야 하겠지만….

하늘나라엔 아무나 갈 수 없을 것이다.

날개가 있어도 펼칠 수 있어야 훨훨 날아갈 게 아닌가. 날개를 꺼내지 못하는 영혼은 어쩔 수 없이 무덤에 들어가 있거나, 그게 싫으면 유령이 되어 밤에 떠돌아다녀야 할 것이다.

그 날개, 생각할수록 신기하다. 등 안에 접혀 있었다는 것으로 미루어 보아 잠자리 날개보다 얇고 가볍다는 것인데, 과연 그런 날개로 지구 대기권을 지나 먼 우주로, 하늘나라까지 날아갈 수 있을까. 훨씬 튼튼해야 하지 않을까.

그거야 그럴 수 있다고 해도, 천사의 도움 없이는 꺼낼 수 없다는 게 나는 더 걱정스럽다. 내게도 천사가 찾아올 가능성이 아직 남아 있을까. 하늘나라에서 노심초사하며 기다리실 엄마의 모습이 눈에 선하다.

엄마를 만난 그 소녀가 부럽다. 정말 부럽다.

늦었지만 이제라도 나쁜 마음을 모두 버리고 착하게 살아야겠다. 그래서 하나님이 "너도 들어오너라!" 하시면 참 좋겠다.

등 뒤 어딘가에 있을 나의 날개를 상상하며 손으로 더듬어 본다.

8

포도 젤리

'이번 주말엔 구윤이를 위해 무엇을 준비해 둘까.'

요즘 나의 주된 관심사는 바로 이것이다. 그 애가 좋아하는 것을 미리 사 두었다가 주말에 올 때 깜짝 선물을 해야지, 그렇게 마음먹곤 한다.

집사람을 따라 이마트에 갔었다. 이것저것 구경하다가 눈에 띄는 게 있었다. 천 원짜리 포도 젤리였다. 며칠 전 동네 꼬마애가 맛있게 먹던 모습이 떠올랐다. 이것을 주면 구윤이가 얼마나 좋아할까 생각하며 하나를 집었다. 손에 쥐고 있다가, 계산대에 쇼핑한 물건들을 올려놓을 때 슬그머니 얹어 놓았다. 아내가 나를 돌아보며 빙긋이 웃었다. 내 마음을 알아챈 눈치였다.

기다리던 주말이 드디어 왔다. 소파에 앉아 책을 읽고 있었다. 벨소리가 들렸다. 구윤이가 왔을 것이다.

집사람이 현관문을 열어 주자 구윤이가 제 애비의 손을 붙들고 안으로 들어섰다. 나가 보고 싶었지만 일부러 기다리고 있었다. 여느 때처럼 신발을 벗자마자 "할아버지!" 하면서 내 앞으로 뒤뚱거리며 뛰어왔다. 일어나 한 발 마중 나가면서, "구윤이 왔냐." 하며 두 팔을 벌렸다. 품에 폭 안겨 왔다. 기다려 왔던 순간이다. 세상을 다 가진 것처럼 행복했다.

거실에 앉아서 한동안 구윤이와 그림책을 보며 놀고 있었다. 주위를 살피고 있다가 침실로 몰래 불러들였다. 며칠 전에 사 두었던 포도 젤리 봉지에서 젤리 하나를 꺼내 입에 넣어 주었다. 맛있어하는 눈치였다. 마음이 흐뭇해졌다. 더 달라고 졸랐다. 늘 그랬던 대로, 마지못해 주는 척하며 하나 더 주었다. 먹자마자 곧바로 그 애를 안고 거실로 나갔다.

구윤이와 나, 우리 둘만의 신호가 있다. 신호를 보내고 먼저 침실로 들어와 있으면 조금 있다가 뒤따라 들어온다. 그 애가 좋아할 만한 것을 미리 마련해 두었다가 몰래 주곤 한다. 우리의 은밀한 즐거움은 오랜 기다림 끝에 늘 이렇게, 아쉽게 끝나곤 한다. 남들이 모르는 비밀이 쌓여 갈수록 정이 그만큼 더 깊어 가는 것을 서로 느끼고 있다.

여태까지는 아무도 모르게 '해피 엔드'였다. 한데 오늘은 뒤탈이 생기고 말았다. 침실 밖으로 나와서까지 하나만 더 달라고 조르는 것이었다. 실랑이하다가 그만 딸에게 들켜 버렸다. "애한테 안 좋다는 것을 그렇게 주고 싶으냐.”고 내게 퉁바리를 주며 포도 젤리를 봉지째 집어 가고 말았다. 구윤이는 울상이 되었고, 나는 딸의 예상치 못한 행동에 황당해졌다.

손자가 보는 앞에서 딸을 나무라는 것은 그다지 좋을 것 같지 않아, 꿀꺽 참고 말았다. 동네 꼬마애도 사 먹는 포도 젤리를 몸에 해롭다며 빼앗아 간 버릇없는 행동보다, 구윤이와 친해 보려는 애비의 마음을 몰라주는 무심한 태도가 나는 더 서운했다. ‘자식이 있어 봤자 아무 소용없구나.’ 하는 생각이 들자 한동안 잊고 있었던 외로움이 다시 찾아왔다.

오늘도 평소처럼 집사람과 쇼핑하고 있다.

지난번 일도 있고 해서 잠자코 따라다녔는데, 언제 집었는지 슬그머니 그 포도 젤리 봉지를 내 손에 쥐어 준다. 빙그레 웃으며, 다정한 목소리로 속삭이듯 말을 건넨다.

“이번엔 들키지 말아요.”

나만 이렇게 홀로 외롭구나 생각했는데, 그게 아니었다. ‘내 혼자 마음 날같이 아실 이’[3]가 바로 곁에 있었던 것이다. 내 외로움은 어느새 그 봉지 뒤로 숨었다.

손에 쥔 포도 젤리 봉지 위에 구윤이의 환한 웃음과 집사람의 따뜻한 웃음이 겹쳐 보인다. 주말이 어서 왔으면 좋겠다.

웃음꽃

웃음꽃은 여느 꽃보다도 아름답다. 이 꽃은 때를 가리지 않고 아무 장소에서나 핀다. 우리들의 마음 밭엔 그 꽃씨가 심어져 있다.

살다가 보면 햇볕이 들 때가 있다. 작은 햇살 한 줌에도 웃음꽃은 자란다. 하지만 웃음꽃이 저 홀로 피는 경우는 드물다. 마음이 통하는 사람들끼리 오랜만에 마주 볼 때 여러 송이가 한꺼번에 활짝 피어나는 것이 바로 이 꽃이다.

며칠 전 서울로 나가려고 정류장에 서 있을 때였다. 어느 중년 여인과 내가 버스를 기다리고 있었는데, 그녀와 비슷한 나이로 보이는 여성 한 명이 다가왔다.

여인 두 명이 내 곁에 있는 것이 어색해서 나는 버스가 오나 하고 길가 쪽으로 걸어 나갔다. 목을 길게 빼고 있다가 무심코 뒤돌아보니 그 둘은 서로 아는 사이였는지 정류장 벤치에 앉아서 마주 보며 이런저런 얘기를 나누는 것이었다.

그러려니 했다. 잠시 후에 웃는 소리가 들렸다. 다시 뒤돌아보았다. 서로 한 손씩을 맞잡고 다른 한 손으로 각자 입을 적당히 가리며 웃고 있었다. 보기에 좋았다. 밉상은 아니지만 잘생기지도 않은 얼굴들인데, 왜 그렇게 그 모습이 아름답게 보였는지 버스에 올라타고 나서도 몇 번인가 창밖을 내다봤다.

여러 정거장을 지날 때까지 그분들의 웃는 모습이 지워지지 않았다. 한참 후에야 그 이유를 어렴풋이 깨달았다. 생각지도 않은 곳에서 웃음꽃이 활짝 피었기 때문이 아니었을까 싶다.

웃음이라는 게 그렇다. 너무 요란하게 웃으면 눈살을 찌푸리게 되고, 소리가 너무 낮으면 아예 쳐다보지도 않는다. 주변을 의식하며 아기자기하게 웃는 모습이라야 오래 지켜볼 맛도 있는 것이다. 혼자 슬며시 웃고 마는 것보다는 둘이 마주 보며 웃는 웃음꽃이 더 아름다워 보인다.

가난했던 시절, 생활에 여유가 없어 웃고 싶어도 웃을 수 없었던 그 옛날에도 지금 생각해 보니 웃음꽃이 피었던 기억이 있다. 엄마와 어린 동생 그리고 나, 셋이서 함께 양미리를 구워 먹으며 오붓한 저녁을 보냈던 장면이 가끔 떠오르곤 한다. 비록 '걸인의 찬'이었지만 그때 나는 행복한 '어린 왕자'였다.

요즘은 내 주변에 옛날보다 더 자주 웃음꽃이 핀다. 아들 내외가 손자들을 데리고 와서 함께 얘기하며 놀 때도 피고, 딸이 때 없이 찾아와서 응석을 부릴 때도 핀다. 우리 두 내외만 있을 때도 물론 피어난다. 하지만 옛날 어릴 적에 피었던 그 꽃만큼 예쁘지는 않은 것 같다.

　다 같은 웃음꽃인데, 왜 그때 그 꽃이 더 아름답게 느껴지는 것일까. 엄마가 하늘나라로 가신 후에 나만 이렇게 계속 웃는 것이 송구스러워 그런지도 모르겠다. 옛날 그 웃음꽃은 내 마음속에만 있을 뿐, 이제 두 번 다시 피지 않는다. 그 꽃보다 고운 꽃은 아마 이 세상에 없을 것이다.

　웃음이 없는 생활. 그것은 삶이 아니라 차라리 죽음에 가깝다. 나이 들어서 그런지 요즘은 더 곱고 덜 곱고를 떠나, 내 주변에 매일 웃음꽃이 피어나면 좋겠다.

10

손녀와 할머니

다섯 살 된 어린 손녀를 오랜만에 만났다.

아들 내외가 사는 곳은 너무나 멀다. 비행기로 네 시간. 갈 준비를 해서 공항으로 가고, 저쪽 공항에 도착해서 그 애들의 집으로 가는 두세 시간을 더하면 거의 하루가 걸린다. 그럼에도 혈육의 정이 뭔지, 보고 싶은 마음에 한걸음에 달려가곤 한다.

모처럼 가족을 만났으니 밀린 회포를 모두 풀자는 생각으로, 거의 한 달을 아들 집에서 보냈다. 이제 며칠 후면 우리는 집으로 돌아가야 한다. 벌써부터 헤어지기 섭섭하다.

나만 그런가 했는데 그게 아니었던 모양이다. 다섯 살밖에 안된 손녀가 자신이 그린 그림 한 점을 선물로 주겠다고 한다. 그 어린것도 석별의 아쉬움을 느끼고 있었던 것이다.

그 그림은 손녀가 유치원에 다니면서 배운 솜씨로 그렸다고 했다. 어린애가 그린 것으로 믿기 어려울 정도였다. 또래 친구의 부모들도 한번 보고는 입에 침이 마르도록 칭찬했다는 작품이라는데, 그것을 내게 주겠다는 것이었다.

어린것의 마음씨가 갸륵했다. 집에 돌아간 후 이곳 아들네 집이 생각날 때마다 두고두고 들여다볼 생각이었다.

어느덧 집으로 돌아가야 할 날이 다가왔다. 손녀가 주겠다던, 벽에 걸린 그림을 손으로 가리키며 내게 물었다.

"할머니. 저 그림, 정말 좋아해?"

"그래, 저거 보며 네 생각 많이 할게."

그렇게 대답하고 말았다.

반나절도 채 지나지 않았는데, 다시 물어보는 것이었다.

"할머니. 내 생각, 얼마나 많이 할 건데?"

"으응. 아주 많이. 매일매일 생각할 거야."

그러고 말았다.

손녀가 한동안 보이지 않더니, 상기된 얼굴로 다른 그림 한 점을 들고 와서 내게 보여 주었다. 그러면서 한다는 말이,

"이건 어때?"

"그것도 잘 그렸는데."

그러자 안도하는 낯빛으로,

"그럼, 저 그림 말고 이걸루 가져가."

"왜?"

"으응, 저걸 주면 친구들이 너무 섭섭해할 것 같아서…."

벽에 걸린 그림을 떼어 주자니 아쉽고 주지 않자니 미안하고, 속으로 많이 고민한 것 같았다. 잠깐 안 본 사이에 쓱쓱 그려서 그런지, 주겠다던 그림에 비교하면 손색이 있었다.

웃으며 그러자고 했다. 안도하는 눈치였다.

집으로 돌아와서, 손녀가 새로 그려 준 그림 한 점을 벽에 걸어 놓고 가끔 들여다본다. 그럴 때마다 멀리 떨어져 사는 아들 내외가 그리워진다. 아들의 어릴 때와 장가갈 때의 모습, 며느리의 얼굴이 차례로 떠오르다가 지워지고, 손녀와 나누었던 얘기들이 되살아난다. 그럴 때마다 이런 생각이 들곤 한다. '인생이 이렇게 흘러가는구나!'

위의 얘기는 미국 조지아주에서 살고 있는, 아는 형님의 부인이 내게 들려주신 것이다. 나는 지금 그분의 댁에서 며칠 머물고 있다. 벽에 걸린 그림을 바라보며 손녀의 어린 마음과 할머니의 지금 심정을 내 나름 헤아려 보는 중이다.

'인생이 흘러간다.'는 그분의 뒷말을 음미할수록 여운이 길게 남는다. 사랑하는 사람과 떨어져 사는 이 현실, 그리워도 보지 못하는 안타까움, 속절없이 흐르는 세월에 대한 아쉬움, 얼마나 더 살지 모르는 막연한 불안감. 이 모든 것들이 그 말 한마디에 녹아 있지 않은가.

나도 그분의 입장과 크게 다르지 않다. '그리운 것은 산 뒤에 있다'[4]는데, 나는 왜 그곳을 등지고 멀고먼 이곳 이국땅에 와 있는가. 내 인생 또한 언제 어디에서 그 흐름을 멈출지 모르지 않는가. 돌아가야겠다. 하루라도 빨리, 그리운 사람들 곁으로.

서울에 두고 온 다섯 살 손자아이가 보고 싶다. "할아버지⋯" 하면서 뛰어와 품에 안기던 그 애 모습이 현실인 양 삼삼하게 떠오른다.

11

바람 각시

한여름. 너무 더워서 숨이 턱턱 막힌다. 바람 한 점 없는 날은 죽을 것 같다.

요즘 우리는 두 내외만 산다. 아들딸이 틈만 나면 찾아오지만 바쁠 땐 여러 주 건너뛰기도 한다. 처음엔 마음이 허전했는데 이 제는 익숙해져 지낼 만하다.

안 보면 그리운데 막상 보면 반가움은 잠시다. 손자들이 정신 없이 뛰어다니는 것을 뒤따라 다니다 보면 금세 지쳐 버린다. 아 내는 점심·저녁 식사 준비와 설거지하는 게 힘이 드는 눈치다. 잠이라도 자고 갈 태도를 보이면 너희 집에 가서 쉬라고 사정을 한다.

분가하기 전에는 안방은 우리가, 건넌방은 딸이, 다른 건넛방 은 아들이 사용했다. 방 하나는 지금도 비어 있지만 다른 하나는 서재로 꾸며 놓아서 잠을 자기엔 비좁다. 애들은 잘 만하다고 말하지만 내 마음이 편치 못하기 때문이다.

봄·가을·겨울이야 서로 붙어 자면 어떠랴. 나도 좁은 단칸방에서 엄마와 어린 동생, 셋이 함께 살아 봐서 잘 안다. 여름이 문제다. 밤에 창문을 열어 놓고 자면 모기가 들어올 염려가 있고, 에어컨을 밤새 켜 놓으면 감기 걸릴 염려가 있어서 신경이 자꾸 쓰인다.

애들이 없어도 가뜩이나 잠들기 어려운 형편인데, 자다가 일어나서 잘 자고 있는지 살펴보는 것도 꽤나 불편한 일이다. 아들딸이 번갈아 찾아오면 낫겠다 싶지만 내 마음대로 할 수 없고, 아예 오지 말라고 하는 것도 부모 된 도리가 아니니 참고 지내긴 한다.

애들이 오지 않을 땐 건넌방이 무용지물이냐 하면 그건 아니다. 거실을 내게 양보하는 대신 아내가 그 방을 쓴다. 좋아하는 텔레비전 프로그램이 서로 다르기 때문이다. 나는 뉴스와 토론을 주로 보고, 아내는 드라마를 매일 본다.

볼만한 게 없으면 나는 서재에서 책을 읽다가 안방으로 건너와 잠이 들고, 아내는 건넌방에서 밤늦게까지 연속극을 보다가 건너온다. 그렇게 봄·가을·겨울엔 서로 붙어 자지만, 요즘 같은 여름엔 사정이 다르다.

나는 늘 창문 쪽으로 누워 자고 아내는 방문을 향해 누워 잔다. 창문을 열면 바람이 들어와 내 자리는 시원하지만 집사람에겐 바람이 전달되지 않아서 무덥다. 하여, 안방으로 건너오지 않고 건넌방에서 자는 것이다.

덥지 않은 것은 다행인데 아내가 곁에 없으니 허전하다. 그렇다고 베개를 대신 끌어안고 자면 시원함이 줄어들어, 이럴 때 '바람 각시라도 있었으면…' 하는 생각이 자꾸 든다. 지체 높은 사람은 그것을 죽부인이라고 부른다지만 나같이 평범한 남자에겐 어울리지 않는 말이다. 그냥 각시라고 해야 마음이 편하다.

하지만 부인의 허락 없이, 어찌 내 마음대로 첩실을 들일 수 있나. 내일은 사정을 간곡하게 얘기해 봐야겠다. 그러면서 당신도 죽노를 구해 보라고 넌지시 말하면 내 부탁을 들어줄는지도 모른다.

요즘 여름 더위는 정말 무섭다. 겨울에도 빙하가 녹아내릴 정도라고 하지 않던가.

창문을 열어 놓는다. 바람이 들어오니 그나마 살 것 같다. '술이 있으니 안주 찾는다.'는 격으로, 끌어안고 잘 각시 생각이 자꾸만 난다.

12

비원(秘苑)

　나의 시월은 언제나 마음이 분주하다. 결혼기념일이 들어 있기 때문이다. 어디에서 어떻게 아내와 둘만의 추억을 만들까, 매번 고민한다.

　올해는 비원에 가기로 일찌감치 언약해 놓았다. 오늘이 바로 그날이다. 아침 일찍 일어나, 한껏 몸단장하고 길을 나선다. 걸어가며 아내가 내게 물어본다.

　"어때요? 나, 왕비 같아 보여요?"

　그녀의 유머가 가을 국화만큼이나 향기롭다. 우리는 비원에서, '나는 왕, 아내는 왕비'로 오늘 하루를 오붓하게 보낼 것이다.

　창덕궁을 지나, 드디어 비원 안으로 들어선다. 언덕길을 넘어가면 곧바로 부용지다. 우리는 그곳에서부터 왕과 왕비의 발걸음으로 천천히 주위를 둘러볼 생각이다. 정자와 연못과 그 배경

인 풍경들을 늘 보아 왔던 것처럼, 자연스럽고 여유롭게.

먼저 부용지의 주변을 둘러본다. 네모난 연못 위에 섬 하나가 둥실 떠 있다. 왕은 부용정에 올라서서 내려다봤을 것이다. 정조는 '이곳에 앉아 있으면 군자가 되는 느낌이 든다.'고 글을 남겼다. 부용은 연꽃을 의미하고 연꽃은 군자의 상징이라 했으니, 그분의 마음속엔 늘 군자가 되고 싶은 열망이 가득 했었을 것이다.

부용정에 다가간다. '들어가지 마세요'란 팻말이 놓여 있다. 실망스럽다. 할 수 없이 그 앞에 서서 부용지를 바라보니 연꽃은 없고 그저 초록빛 물만 고여 있다. 가을에 피는 연꽃도 있다는데 이곳엔 없는가 보다. 아쉬운 마음을 달래며 돌아선다.

연못을 빙 돌아 어수문 앞으로 다가간다. 이곳도 마찬가지, '들어가지 마세요' 한다. 이름 석 자만이라도 눈으로 확인하고 싶어 바라보니, 언제 떼어 버렸는지 현판 자체가 아예 없다. 주합루에는 접근조차 하지 못하고 뒤돌아선다. 물고기와 물이라는 '어수' 두 글자에 담긴 깊은 의미를 내 나름 짐작해 볼 뿐이다.

되돌아 나가면 바로 영화당이다. 왕이 과거시험을 지켜보며 계셨다던 마루에 잠시 걸터앉아 본다. 선비들이 마음 졸이며 시험을 보는 광경을 상상하고 있다. 나라님이 위에 앉아서 지켜보고 계시니 커닝은 생각조차 할 수 없었을 것이다.

일어나 내려가면서 영조대왕이 친필로 쓰셨다던 현판을 잠시 쳐다보다가 불로문으로 간다. 천천히 걸어도 불과 5분 거리에 있다. 통돌을 깎아 세워 놓고 이것을 문이라고 하다니. 이상한 생각이 들어 유심히 살펴본다.

　원래 문짝이 있었는지 양쪽에 돌쩌귀가 달려 있던 흔적이 남아 있다. 문이 있다고 상상하고 가운데에 서서 위를 올려다본다. 불로문이라고 쓰여 있다. 이 문을 지나가면 늙지 않는다는 뜻 아닌가. 늙지 않을 도리야 당연히 없겠지만 조금은 늦추어 달라고 마음속으로 빌면서, 문 여는 시늉을 하며 아내와 나란히 들어간다.

　내 마음을 알았는지, 아내가 문 앞에서 인증 사진을 찍자고 한다. 주변에 사람들이 없어 우리는 서로를 번갈아 가며 찍는다. 말하지 않았지만 그녀도 나처럼 '함께, 오래, 행복하게 살자.'고 염원했을 것이다.

　반도지와 관람정은 그냥 지나친다. 일본이 우리나라를 망하게 하기 위해 한반도 모양의 연못을 거꾸로 바꿔 놓았다는 글을 어느 책에서 읽은 후로, 혹시 비원에 오게 되더라도 쳐다보지 않고 가기로 마음먹었기 때문이다. 안 보는 척하며 흘낏 보니, 정말 거꾸로 된 것 같다. 속으로 '에이, 나쁜 놈들!' 해 본다.

　이제 우리는 옥류천으로 발걸음을 옮긴다. 제법 멀다. 단풍이 들었나, 주위를 살펴보며 천천히 가고 있다. 아직은 때가 이른지 눈에 잘 띄지 않는다.

　비원에 오면 꼭 한번 해 보고 싶은 일이 있었다. 임금님 내외

분만이 드셨다는 우물물을 마셔 보고 싶었다.

요즘엔 맑은 물을 돈 주고 사 먹는 세상이지만 옛날엔 그럴 필요가 없었을 것이다. 물을 길어다 주는 노동의 대가로 돈을 주었을지언정 물값을 따로 셈하지는 않았을 테니까. 그만큼 도처에 맑은 물이 많았을 텐데 왕과 왕비는 비원에 있는 우물물만을 드셨다니, 그 물이 얼마나 맑고 깨끗했었을 것인가.

그러나 나는 건강을 위해 마셔 보겠다는 것은 아니다. 그 물을 아내와 둘이 마셔야만 정말로 왕과 왕비가 된 듯한 기분을 낼 수 있을 것 같아서다.

나는 그 우물이 있다는 옥류천에 드디어 도착했다. 보아하니, 바위를 깎아서 물 흐름을 굽이돌게 만들었다. 우물물이 넘치면 이곳으로 흘러내려오는 모양이다. 위쪽에 다리 하나가 놓여 있어 올라가 보니 과연 사진에서 본 '어정(御井)'이 멀리 보인다.

그곳으로 다가간다. 길가에서 두세 발자국 안으로 들어가니 바위가 두 손바닥 넓이로 움푹 파여 있다. 그 우물에 고여 있는 물을 손으로 떠서 마셔 본다. 달고 시원하다. 아내가 물맛이 어떠냐고 묻는다.

"맛이 아주 좋소. 중전도 한번 마셔 보구려."

그러자 그녀는 조신하게, 이렇게 대답한다.

"감기 기운이 있어서, 저는 다음에 하겠나이다. 전하."

짐짓 서로를 그렇게 부르고 나니, 물 한 모금에 우리는 정말

'왕과 왕비'라도 된 듯하다. 아내가 나를 보며 빙그레 웃는다. 내 마음을 아는 눈치다.

　다른 길로 걸어 내려가며 살펴보니 단풍이 들기 시작한다. 숨어 있는 노랑·빨강이 눈에 띈다. 전부가 울긋불긋한 것보다 아기자기한 느낌이 있어서 아름다움이 결코 덜하지 않다. 먼 훗날 오늘을 추억하기 위해 아내와 번갈아 가며 그 앞에 서서 사진 한 장씩을 찍는다.

　비원을 나서며 다짐해 본다.

　'청풍명월에 주인이 있다던가. 보는 사람이 임자이지. 이제부터 비원은 우리가 주인이다. 내년에도 내후년에도 아니, 아무 때라도 다시 와 보리라. 지금처럼 왕과 왕비가 되어.'

2부

그대의 날씨

계절은 돌아오고 하늘은 무심한데
우리만 늙었으니 인생 참 서글프다
배시시 웃는 입가 처연한 그 눈빛을
차마 볼 수가 없어 등 뒤에 서 있다

1

그 자리

그 자리가 문득 생각납니다. 엄마가 살아 계실 때 마지막으로 뵈었던 곳입니다.

"바쁠 텐데, 뭐 하러 힘들게 와."

저를 볼 때마다 말씀하셨던 엄마의 음성과 헤어질 때 차 백미러에 비쳤던 쓸쓸한 모습을 지금도 잊지 못합니다.

전화를 드렸었지요. 잠깐 뵙고 싶다고. 그러면 큰길가로 미리 나와서 기다리시다가 저를 맞이하곤 하셨습니다. 차를 세우고 좁은 골목길을 걸어 집으로 올라가서, 말씀 나눈 후에 다시 내려가면 출근이 늦어지리란 것을 엄마는 걱정하셨던 것입니다.

첫날 만났던 곳은 그날 이후로 계속 만나는 자리가 되었습니다. 그 자리에서 저는 안부를 여쭙고 두 팔로 꼭 껴안아 드린 후에 곧바로 출근하곤 했었습니다. 차를 타면서 한 번, 차의 방향을 거꾸로 돌리면서 한 번, 그곳을 지나치면서 한 번, 그리고 백미러로 또 한 번. 그때마다 보면 늘 제 동선을 따라 저만 바라보시던 엄마였습니다.

마지막으로 만나 뵙던 그날도 그랬습니다. 이별이 될 줄 모르고 그 자리를 떠나왔습니다. 이럴 줄 알았더라면 오래, 아주 오래, 엄마를 뵈었을걸…. 이젠 후회해도 소용없습니다.

눈물이 쏟아질 것 같아서 차마 찾아가지 못했던 그 자리. 슬픔이 어느 정도 가라앉으면 다시 가 보리라 마음먹었던 바로 그 자리. 17년이 지난 오늘에서야 옛날 그 자리를 찾아왔습니다.

사람은 떠나가도 자리는 남는다더니, 근처 풍경은 아직 그대로인데 엄마는 이제 어디에도 안 계십니다. 눈에 익은 이 거리가 허허벌판처럼 느껴집니다. 그 자리를 떠나지 못하고 저 홀로 서성입니다. 어디에선가 한줄기 바람이 불어옵니다. 눈을 감고 그리운 옛날을 떠올려 봅니다.

동생이 장가갈 무렵에 엄마는 "집이 좁으니 네가 이사 가야겠다."고 말씀하시며, 제게 분가를 허락해 주셨습니다. 아닌 척하셨어도 늘 저를 배려해 주셨지요. 그때는 엄마의 속마음이 서운하신 줄 모르고, 어리석게도 우리 둘만의 보금자리가 생긴 것이 좋았습니다. 흑석동 산꼭대기에 얻은 셋방일망정 아내는 자유를 얻었고, 저는 사랑을 감추지 않아도 되어 마음이 은근히 부풀었지요.

저희에게 둘째 애가 생길 무렵 엄마를 다시 모시게 됐습니다. 말이 모시는 것이지, 실은 엄마의 그늘 밑에서 살았던 것입니다. 어린애 둘을 돌보는 일이 힘에 부쳐서 도움을 받고 싶었던 것이지요. 이렇게 저는 늘, 저 편한 쪽으로만 모든 상황을 해석해 가며 이기적으로 살아왔습니다.

제가 미국에서 주재원으로 근무하던 시절도 마찬가지였습니다. 엄마를 모시고 이곳저곳을 보여 드리며, 모처럼 자식 노릇 하는 줄로 착각하고 있었습니다. 1년쯤 지난 어느 날, 엄마는 한국에 도로 나가고 싶다는 말씀을 하셨습니다. 제 딴엔 잘해 드리려고 노력했었는데, 참기 어려울 만큼 힘드셨나 봅니다.

곰곰이 생각해 보니 그럴 만했습니다. 저는 저녁과 주말에만 잠깐 보는 아들이었어요. 제가 출근한 동안에 애들은 학교에 가고 없고, 아내는 장보러 나가거나 학부모 모임에 참석하느라 집을 비울 때가 많았을 것입니다. 텔레비전을 켜 봤자 알아듣지 못하는 영어뿐이니, 절간 같은 그 집에서 홀로 얼마나 외롭고 괴로우셨을까요. 그 고통을 상상하니 차마 청을 거절할 수 없었습니다. 엄마와 저는 또 한 번의 이별을 경험하게 되었지요.

귀국 후에 다시 합치자고 아무리 졸라도 엄마는 사양하셨습니다. 홀로 지내는 데 불편이 없다고 하시며, 너희들끼리 잘 살라고 하셨습니다. 보고 싶을 땐 언제든지 부를 테니 그때 찾아오라고 당부하시어, 미련한 저는 그 말씀을 곧이듣고 따로 살게 된 것입니다.

한 달에 한두 번 온 가족이 함께 찾아뵙는 것으로는 성에 차지 않아서, 저만 몰래 찾아가 만났습니다. 출근길이라 비록 잠깐이 었지만 엄마를 오롯이 차지하는 시간이라서 속으로는 뿌듯했었 습니다. 그랬었는데, 어느 날 엄마는 바람처럼 사라지셨습니다. 그 자리에 슬픔만 남기고….

저는 지금 엄마의 그림자만이라도 남아 있으면 좋겠다 싶어, 떠나지 못하고 계속 언저리를 서성이고 있습니다. 안 계신가 보 다 했는데, 엄마의 목소리가 들려옵니다.

"바쁠 텐데, 뭐 하러 힘들게 와."

눈에 보이지 않아도 엄마가 제 곁에 있다는 것을 느낍니다. 하 늘 저 멀리에 계신 엄마도 우리의 그 자리를 그리워하셨나 봅니 다. 제가 온 것을 알고, 그 말씀 한마디 하러 먼 길을 내려오신 겁니다.

마음속으로 엄마를 부르며 예전처럼 품에 안는 듯 두 팔로 꼭 껴안아 봅니다. 놓치고 싶지 않아서 한동안 그 자리에 그 자세로 서 있습니다.

2

딩동댕

___

멀리 떨어져 사는 아들에게서 동영상 하나가 휴대폰으로 날아왔다. 열어 보니, 구윤이와 함께 놀았던 '딩동댕'이 들어 있다.

구윤이가 동물의 특징을 설명하며 그게 뭐냐고 제 애비에게 묻는다. 답이 맞으면 '딩동댕', 틀리면 '땡'이라고 말한다. 그 애의 천진난만한 얼굴 표정과 또랑또랑한 목소리, 그리고 그것들과 잘 어울리는 몸동작 하나하나에 내 눈이 사로잡혀 있다.

처음부터 다시 보기를 벌써 여러 번. 나는 지금 또다시 그 동영상을 틀고 있다.

구윤이가 문제를 낸다.

"이건 날개가 엄청 멋져요. 뭘까~요?"

가만히 듣고 있던 제 애비가 대답한다.

"앵무새."

구윤이가 '딩동댕' 하려다가 말고, 신이 나서 큰 목소리로 말한다.

"땡!"

그러고는 자신의 판정이 맞았는지 확인하기 위해 손에 쥔 그림책을 펼쳐 본다. 곧이어 제 애비의 얼굴을 빤히 바라본다. 어떤 대답을 다시 할는지 궁금한 표정으로.

애비가 잠시 고민하다가 대답한다.

"부엉이."

그러면 그 애가 다시, 더 큰 목소리로 외친다.

"땡!!"

재미있어 죽겠다는 눈망울이다. 입가에 잔뜩 웃음을 띤 채 다음 대답을 숨죽여 기다린다.

"공작새."

이번엔 시무룩이 "딩동댕!" 한다. 그러고는 곧바로 다른 질문을 하기 위해 그림책의 다음 페이지를 연다.

'딩동댕'이 이렇게 재미있는 놀이였던가.

어릴 적의 기억을 더듬어 본다. 알긴 하지만 해 본 적은 별로 없는 것 같다. 아버지는 일찍 돌아가셨고, 그때 내 곁엔 함께 놀아 줄 친구마저 없었기 때문이다.

어른이 된 후에는 텔레비전에서 퀴즈를 풀 때나 '정답입니다'라는 유식한(?) 말을 들으며 홀로 속으로만 즐겼었다. 오늘 이 동영상을 보고 나니 '정답'이란 말보다는 '딩동댕'이, 악기보다는 입으로 하는 '딩동댕'이 훨씬 더 재미있을 것 같다.

딩동댕은 퀴즈와 다를 게 별로 없다. 묻는 사람은 답이 틀리기를 바라고, 대답하는 사람은 맞히기를 바랄 것이다. 구윤이가 '땡'을 저렇게 좋아하는 모습은 당연하다. 답을 알면서 일부러 틀려 줘야 하는 입장에선 재미가 없을 텐데, 애비가 더 신이 났다. 제 아들이 벌써 딩동댕 놀이를 할 만큼 자랐다는 사실에 마음이 뿌듯해서일 것이다.

'나는 어릴 때 아버님의 저런 모습을 보지 못하였구나!' 하는 안타까운 마음이 들었다. 그러다가 문득, 그 반대로 '아버님은 나의 저런 모습을 보지도 못하고 돌아가셨구나!' 하는 슬픈 생각이 들었다.

인생에 너무 늦은 것은 없다고 한다. 그렇다면 나도 한번 저 딩동댕 놀이를 해 봐야겠다. 돌아가신 아버님하고는 할 수가 없고, 다 큰 아들한테 해 보자 하면 재미없다고 할 테니 어린 손자하고나 해 봐야겠다.

이번 주말이 기다려진다. 구윤이가 '땡!' 하며 까르르 웃는 모습이 벌써부터 보고 싶다.

3

하얀 눈을
밟으며

날이 밝았습니다. 창밖을 보니 새하얗습니다. 밤새 눈이 내렸나 봅니다.

아무도 밟지 않은 순결한 눈. 나는 바깥세상이 눈 덮인 저 상태로 오래 남아 있기를 속으로 빌어 봅니다. 그러다가 어차피 누군가에게는 밟히게 될 텐데 남들보다 내가 먼저 밟자는 터무니없는 충동에 이끌려, 옷을 주섬주섬 입고 밖으로 나갑니다.

막상 하얀 눈 위로 한 발 내딛으려니 망설여집니다. 숫처녀를 범하는 느낌이랄까, 문득 그런 미안한 생각이 드는 것입니다. 스물셋, 때 묻지 않은 나이에 나에게 시집온 아내가 떠오릅니다. 하얀 면사포를 쓰고 한 발 한 발 내게로 다가왔던 그날의 청초했던 그녀 모습과, 좋으면서도 왠지 미안했던 첫날밤의 느낌이 되살아납니다.

다시 집에 들어가기도 뭐하고, 오랜만에 깨끗한 눈을 밟아 보고도 싶고. 망설이다가, 눈에게 물어보기로 합니다. 밟아도 되는지를. 눈은 말없이, 그저 하얗게 웃고 있습니다. 그 모습을 허락의 의미로 받아들이고는 용기를 내어 한 발, 살며시 지르밟습니다.

"야, 내가 제일 먼저다!"

기쁨의 탄성이 절로 튀어나오며 마음이 뿌듯해집니다. 그러면서도 옛날, 첫날밤 그때처럼 다시 또 미안해지는 것입니다.

하얀 눈길을 걸어갑니다. 나무와 덤불숲이 양 옆으로 길게 서 있습니다. 옛날 웨딩마치가 생각납니다. 그때는 하객들을 정신없이 지나쳤지만 오늘은 그때와 많이 다릅니다. 나이 든 만큼이나 마음의 여유가 생겼지요. 이제는 하나하나, 얼굴을 마주 보며 고맙다고 인사하면서 지나갈 수 있습니다.

맨몸을 드러낸 화살나무가 제일 먼저 눈에 띕니다. 앙상한 가지마다 눈이 소복하게 쌓여 있습니다. 아직도 매달려 있는 작은 잎 몇 개가 애처로워 보입니다. 그 앞을 우쭐대며 그냥 지나가기가 민망해서, 추운 겨울을 잘 지내라는 뜻으로 몇 마디 위로의 말을 건넵니다.

조금 더 걸으니, 키 큰 소나무 몇 그루가 머리에 눈을 잔뜩 이고 건장한 남자들처럼 서 있습니다. 손으로 그것들의 등을 툭툭 쳐 주며 지나갑니다. 키 작은 덤불숲도 눈가루를 한 움큼씩 쥐고 내가 지나가기를 기다리고 있습니다. 그 앞으로 다가가서 쪼그리고 앉아, 손톱만 한 잎을 살며시 잡고는 악수하듯 살짝 흔들어 줍니다.

추운 날씨에도 불구하고 모두가 나를 보기 위해 기다리고 있었던 것 같습니다. 나는 감격에 젖어 "감사합니다!"를 연신 말하며 하늘을 우러러봅니다. 그 순간 어딘가에서 새소리가 아름다운 합창처럼 들려오더군요. 그러더니 머리 위로 눈가루가 마구 휘날리는 것입니다. 웨딩마치 때 신랑 신부에게 뿌려 주는 꽃가루처럼 말이지요.

이게 무슨 조화인가 싶어, 고개 들어 하늘을 봅니다. 바람은 간데없고 햇살이 눈부시게 비추고 있는 게 아닙니까. 이제는 내 주위에 사람이 별로 없으니, 하늘이 대신해서 축복해 주는 것 같습니다. 행복합니다. 이 행복을 나만 홀로 누리면 안 되겠기에, 아내를 부르러 발길을 집으로 되돌립니다.

발걸음을 잠시 멈추고, 걸어온 길을 뒤돌아봅니다. 갈 때와 올 때, 서로 겹쳐 찍히거나 따로 흩어진 내 발자국들이 민망할 정도로 어지럽습니다. 집에서 나와 하얀 눈 위로 첫발을 내딛으려고 했을 때 왜 미안했었는지, 그 이유를 알 것 같습니다. 그때만큼이나 미안하고 애틋하게, 조심하며 걸어왔더라면 저렇게까지는 지저분하지 않을 텐데….

첫날밤이 다시 또 생각납니다. 아내에게 왜 미안했었는지도 이제는 알 것 같습니다. 그때 이미 지금까지 살아온 내 삶이, 그녀에게 했던 내 행동들이 저 눈 위의 발자국들만큼이나 어지러울 것이라고 예감했었는지도 모릅니다. 그러고 보니, 가장으로서의 책임을 권능으로 잘못 알고 내 마음대로 전횡했던 일이 한두 번이 아닙니다.

하얀 눈과 내 아내. 이 둘의 공통점은 그들에게서 내가 '순결'을 가져갔다는 사실입니다. 아무런 감흥도 없이 발자국을 처음 찍는 사람에게 자신의 순결이 바쳐진다면 얼마나 허무할까요. 내린 지 얼마 안 되는 이 눈도 그럴 텐데, 하물며 이십 수년을 고이 간직해 온 처녀라면 정말 기막힐 노릇이 아닐 수 없습니다. 더구나 남은 수십 년을 두고두고 체념해야만 하는 아내의 상심은 어떨지, 상상만 해도 마음이 저려 옵니다.

'순결', 그 무형의 가치를 단순히 미안해하는 정도로 끝낼 일은 아닌 것 같습니다. 몰랐다면 모르되 이제는 알았으니, 감사한 마음을 어떤 식으로든 표현하며 살겠다고 다짐합니다. 새로 출발한다는 의미에서라도 아내와 다시 나와서 웨딩마치를 해 보고 싶습니다. 그녀에게 조금이나마 위로가 되면 좋겠고, 또 그런 뜻이 담긴 발자국이라면 이 하얀 눈도 나의 무례를 어느 정도는 이해해 주리라 믿기 때문입니다.

아내와 팔짱 끼고 '하얀 눈을 밟으며 걸어가는 웨딩마치'를 상상해 봅니다. 길가에 서 있는 나무들과 일일이 주고받는 인사, 새들이 불러 주는 축가, 바람이 뿌려 주는 눈가루, 하늘이 비춰 주는 눈부신 조명. 어느 것 하나도 옛날 하얀 면사포를 쓰고 걸었을 때 그녀가 느꼈던 감격을 다시 불러일으키기에 부족하지 않을 듯합니다.

나는 그만 마음이 급해져서, 웨딩마치를 머릿속으로 그리며 집으로 겅중겅중 뛰어갑니다.

4

주머니 속의
행복

나는 지금 숲속 벤치에 앉아서, 주머니에 손을 넣고 하늘을 바라보고 있다. 마음이 왠지 모르게 푸근하다. 이 느낌은 뭘까. 행복이 아닐까.

어렸을 때 나는 늘 빈손이었고 빈 호주머니였다. 엎드리면 코 닿을 거리에 집이 있어서 돈이 필요할 땐 집에 가면 해결되었다. 돈이 없다고 해서 슬프다거나 섭섭하게 생각하지는 않았다. 그 땐 행복이 뭔지도 모를 시절이었다.

내 호주머니 속에도 돈이 있었으면 좋겠다고 생각한 것은 중학교 1학년 때였을 것이다. 쉬는 시간이 되면 애들이 매점으로 우르르 몰려가 빵을 사 먹었다. 나는 그 애들 틈에 끼지 못하고 늘 교실에서 책 보는 척했었다. 주머니가 비어 있었기 때문이다.

그러던 어느 날, 엄마가 학교생활이 재미있냐고 물으시기에 지낼 만하다고 대답하며 매점 얘기를 슬쩍 꺼냈다. 그날 이후로 엄마는 빵 사 먹으라며 가끔 용돈을 주셨다. 나는 그 돈을 만지작거리며 사 먹을까 말까 고민했었다. '이게 어떤 돈인데…' 하는 생각에, '그까짓 빵, 안 사 먹어도 괜찮다'고 마음먹었다.

내 기억으론 3년 동안에 한두 번은 사 먹었던 것 같다. 친한 동무가 빵 사 먹자고 할 때가 가끔 있었는데 매번 피하기는 어려웠다. 호주머니 속에 돈 몇 푼이 들어 있었지만, 그렇다고 해서 행복하다는 느낌은 들지 않았다. 돈이 있어도 안 사 먹는다는 자존심만 세웠을 뿐이다.

커서 직장을 다닐 때도 마찬가지였다. 호주머니 속엔 늘 차비 정도만 있었다. 돈은 별로 없었지만 다행히 식권 몇 장은 지니고 있었다. 야근할 때 굶지 말라고 회사에서 주었던 것들이다.

어쩌다가 높은 분이 수고한다며 저녁을 사 주시면 그것을 아끼고 있다가, 꼭 필요할 때만 쓰곤 했다. 연애 시절 퇴근 후에 아내를 만나 저녁을 함께 먹을 때, 그 위기의 순간에도 식권이 나의 자존심을 지켜 주었다.

그땐 종로2가에서 그녀를 만나 중국집에서 식권을 사용한 후에 안국동을 거쳐서 명륜동 성대 앞으로, 종로5가로 돌아 나와서 다시 종로2가로 걷고 또 걸었었다. 길에서 데이트하고 버스에 태워 보낸 후 속으로 많이 미안하고 슬펐었다. 그렇게밖에 해 줄 수 없는 내 처지가 안타까웠다. 주머니에 식권이 들어 있었어도 나는 전혀 행복하지 않았다.

그랬었던 내가 아내와 살림을 차린 후부터 주머니 속의 형편이 점차 나아졌다. 백지장도 맞들면 낫다고, 맞벌이를 했었기 때문이다. 남들에게 기죽지 말라는 뜻에서 그녀는 용돈을 꼬박꼬박 챙겨 주었지만 불안함이 사라졌는지는 몰라도 행복을 느낄 정도까지는 아니었다.

그랬었는데….

세월이 흘러, 어느덧 나는 할아버지가 되었다. 요즘엔 별 뜻 없이 세상을 바라보곤 한다. 경로우대카드와 천 원짜리로 만 원 정도를 늘 호주머니에 넣고 다닌다.

길 가다가 엎드려 구걸하는 사람을 만나면 한두 장 꺼내 주고, 공짜 전철을 타고 가다가 껌 파는 할머니를 만나면 한 통 사기도 하고, 동네 마트에 일없이 가서 구경하다가 손자에게 줄 과자나 장난감을 사기도 한다. 그래도 남으면 천오백 원짜리 커피 한 잔을 사서 마시며 숲속에서 시간을 보낸다.

오늘도 나는 동네 마트에 들렀다가 숲속으로 돌아와서 벤치에 앉아 있다. 호주머니 속엔 구윤이에게 줄 그림 딱지와 리안이에게 줄 예쁜 스티커가 들어 있다. 그러고도 천 원짜리 몇 장이 남아 있다. 손으로 그것들을 만지작거리며 작은 기쁨을 느끼고 있다.

하늘이 참 푸르다. 바람이 분다. 살갗에 닿는 느낌이 부드럽다. 그냥 마음이 편하다.

행복이란 뭘까. 이런 느낌이 아닐까.

5

그대의 날씨

오늘 그대는 맑음인가요.

아니면, 어제처럼 또 흐림인가요. 설마 비가 내리는 건 아니겠
지요.

매일 아침 눈을 뜨면 그대부터 살펴봅니다. 기분이 어떤지, 맑
은지 흐린지, 곁눈질한답니다. 내겐 바깥 날씨보다 그대의 날씨
가 더 중요하기 때문입니다.

나는 그대가 늘 맑음이기를 바랍니다. 눈부신 해가 그대를 밝
게 비추고 있기를 진심으로 바라고 있습니다.

그대는 지금 창가에 서서 먼 하늘을 바라보고 있네요. 오늘따
라 바깥 날씨가 화창합니다. 그런데 이상하게도, 그대의 뒷모습
을 보고 있자니 나도 모르게 슬퍼집니다. 내가 왜 이러는지 까닭
을 모르겠어요.

그대도 나처럼 서글퍼하고 있는 것은 아닌가요. 바깥 날씨가 좋을수록 왜 우리의 마음은 반대로 흐려지는 것일까요. 가을엔 하늘이 높고 맑다는데, 왜 우리의 가을은 맑은 날보다 흐린 날이 더 많을까요.

나뭇잎이 시들듯 우리의 몸도 시들어 가는 탓이겠지요. 그대여, 어디 아픈 데는 없나요. 몸을 움직일 때마다 마른 잎 밟히는 소리가 들리나요. 설령 그렇더라도 슬퍼하지 말아요. 우리, 그러려니 하고 사십시다.

언젠가 비행기를 타고 하늘 높이 올라가 본 적이 있습니다. 구름에 가려져 보이지 않던 새파란 하늘을 보았지요. 얼마나 눈부시게 아름답던지, 밖으로 무작정 걸어 나가고 싶은 그런 심정이었답니다. 그곳이 바로, 말로만 듣던 천국인가 봐요.

지금은 비록 우리의 날씨가 흐리지만 나중에 그 나라로 가게 되면 화창할 게 분명합니다. 나와 함께 멀리 바라보아요. 구름 뒤에 숨어 있는 밝고 맑은 하늘을. 그대와 내가 그곳으로 하루하루 다가가고 있습니다. 그러니 우리 모든 것을 받아들이며 사십시다.

낙엽 지는 이 가을. 나무가 잎을 털어 내듯 우리도 근심 걱정을 다 내려놓고 나면 얼마나 홀가분해질까요. 이다음에 우리가 천국으로 갈 때를 상상해 보세요. 몸만 벗는 게 아니라 마음마저 내려놓으면 새가 날아가듯 훨훨 하늘나라로 올라갈 수 있을 거예요. 우리, 그것만 생각하기로 해요.

그대와 나의 이 모습을 시 한 수로 남깁니다. 앞으로 우리는 이보다 더 슬프겠지요.

그대는 먼 하늘을 고요히 바라보고
  나는 그런 그대를 말없이 지켜보고

계절은 돌아오고 하늘은 무심한데
  우리만 늙었으니 인생 참 서글프다

배시시 웃는 입가 처연한 그 눈빛을
  차마 볼 수가 없어 등 뒤에 서 있다

그대여, 머잖아 우리에게 겨울이 닥쳐올 겁니다.

겨울은 너무 추워요. 어차피 떠날 거라면 나는 겨울이 오기 전에 떠났으면 싶어요. 몸이 이렇게 불편한데 더 있어 봤자 무슨 의미가 있겠어요. 그대 생각은 어떤가요.

그대가 더 있겠다면 나도 더 있을게요, 언제나 그대 곁에 있을래요. 그 대신에, 앞으로 그대의 날씨는 늘 맑음으로 해요. 그러려니 하고, 남은 세월 우리 행복하게 지냅시다.

매일 매 순간 나는 그대가 궁금합니다. 맑은지 흐린지, 혹시 비가 내리고 있지는 않은지.

그대를 사랑합니다. 사랑합니다. 영원히….

6

낙엽의 슬픔

깊어 가는 가을. 조락과 노화를 생각하며 길을 걷고 있다.

나뭇잎 하나가 천천히 내려온다. 바람 한 점 없는데 떨어지는 것이 예사롭지 않아서 주워 들고 살펴본다. 아직은 붉은빛이 덜 물들어 있다.

"넌 떨어질 때가 아직 안 된 것 같은데, 어쩐 일이냐?"

"바람 잘 때를 골라 일부러 뛰어내렸어요. 엄마 곁에 누울 수 있어서 정말 다행이에요."

그 뒷말이 궁금하여 계속 듣고 있다.

"저는 아직 숨이 붙어 있답니다. 나무에서 떨어지면 사람들은 우리가 죽은 것으로 착각하지요. 하지만 얼굴에 혈색이 돌고 있는 동안엔 이렇게 멀쩡히 살아 있어요.

일부러 떨어진 데는 그럴 만한 사연이 있답니다. 아시겠지만,

저는 겨우내 엄마 배 속에 있다가 따뜻한 봄날에 태어났어요. 그때는 조그만 새싹이었지요. 하루가 다르게 무럭무럭 자랐습니다. 형제들과 온종일 재잘거렸어요. 엄마는 그런 제 모습을 대견하게 바라보았지요.

여름엔 온 세상이 제 것 같았습니다. 한동안 비가 내리지 않아 배가 고파도 참을 수 있을 만큼 튼튼했어요. 옆의 나무에서 태어난 친구들까지 합세하여 웃고 떠들며 신나게 놀았습니다. 기다리던 비가 내리면 노래를 부르고, 어쩌다 시원한 바람이 불어오면 춤을 추었지요. 새들도 멀리서 날아와 지저귀며 우리와 놀았습니다. 매일매일 축제의 날이었어요.

어느덧 가을이 찾아왔습니다. 처음엔 멋모르고 좋아했었는데 날이 갈수록 추워졌습니다. 세찬 바람이 불고 먹을 것이 점점 더 줄어들었습니다. 배고픈 우리들은 참다 못해 얼굴이 붉어졌어요. 영문을 모르는 사람들은 우리보고 예뻐졌다고 칭찬하지만 사실은 아니랍니다. 견디지 못하고 하나둘씩 엄마 품에서 떨어져 나갔습니다. 바람에 날려 대부분은 길 위에 누웠지요.

엄마한테 매달려 있을 때 사람들이 그 애들의 머리를 밟고 지나가는 것을 보았습니다. 얼마나 아파하던지…. 한동안 신음을 토해 내더니 이내 조용해졌습니다. 사람들은 그 소리가 우리들의 신음 소리인 줄도 모르고, 듣기 좋다고 일부러 밟곤 했지요. 이미 죽은 애들이야 별 고통이 없겠지만, 아직 숨이 붙어 있는 애들은 무슨 죄가 있어서 마지막 순간까지도 그렇게 괴로워해야 하는 건지, 안타깝기 짝이 없었어요.

그러더니 바람에 쓸려 어디론가 사라지고 말았습니다. 몸을 움직이지 못하는 엄마는 그럴 때마다 애를 태웠지만 어쩔 도리가 없었지요. 저는 그런 모습들을 쭉 지켜보며 속으로 기도했습니다. 죽어도 좋으니 엄마 곁에 있게만 해 달라고요. 다른 애들도 아마 저와 같은 심정이었을 겁니다.

엄마는 머잖아 겨울이 닥쳐올 거라고 말씀하셨어요. 그러면서 춥고 배고픈데 잘 견뎌 낼 수 있을지 모르겠다고 걱정하시며 한숨을 길게 내쉬는 것이었습니다. 겨울이 얼마나 무섭기에 그러실까, 저는 불안했지요. 더 버텨 봤자 소용없을 것 같았습니다.

어차피 떠나야 한다면 우리 스스로 떠나는 게 도리일 것 같았어요. 엄마의 눈물을 지켜보는 것도 마음이 아프고요. 누가 먼저 떠날까 순서를 정하기로 뜻을 모았습니다. 우리들만의 비밀이랍니다. 엄마보고 정하라고 하는 것은 너무나도 잔인하니까요.

제 차례가 왔습니다. 바람이 없는 때를 기다리다가 붙든 손을 놓아 버렸습니다. 떨어지면서도 엄마 곁에 있게만 해 달라고 계속 빌었어요. 행여나 멀리 날아갈까 봐 얼마나 마음을 졸였던지…. 다행히 저는 엄마 발밑에 누웠습니다. 고통 없이 이대로 편안하게 눈을 감고 싶어요."

긴 얘기를 끝내며, 마지막으로 내게 이런 부탁을 한다.

"아저씨, 저를 이곳에 그냥 놓아두세요. 예쁘다고 책갈피에 끼워 넣지 마시고요. 조금이라도 더, 엄마와 하늘을 보고 싶어요."

낙엽의 슬픔을 이젠 알았는데, 어떻게 마지막 소원을 들어주지 않을 수 있겠는가. 나는 들고 있던 잎을 도로 제자리에 얌전히 내려놓는다.

한 발 한 발 낙엽을 가려 디디며 걸어간다. 마른 잎조차도 함부로 밟으면 안 될 것 같아서 조심조심, 또 조심 엉거주춤하고 있다.

'낙엽을 밟으면 영혼처럼 운다'[5]고 하더니 그 말이 맞는 것 같다. 왠지 모르게 슬퍼진다.

7

내 마음의 풍경

요즘은 내 마음을 들여다볼 때가 많다. 옛날 일들이 한 폭의 그림처럼 떠오른다. 누군가를 간절히 그리워하면 그때의 그분이 조용히 찾아와서, 나의 외로움을 달래 주고 돌아간다.

내 마음의 풍경 안에는 엄마가 자주 등장한다. 내가 말이 없어서 바보인 줄 알았다는 말씀과, 달밤에 야간대학교 교정을 함께 걷던 장면과, 판잣집 지붕 틈새로 떨어지는 빗방울을 맞으며 소리 없이 우시던 엄마의 모습이 아련하게 떠오르다가 지워진다.

마음씨 좋은 옆집 철물점 아저씨도 가끔 나타나서 내게 못 몇 개를 건네주곤 한다. 전찻길로 날쌔게 뛰어가 못 하나를 올려놓고 기다리다가, 전차가 지나간 후에 납작해진 그것을 도로 집어와 칼처럼 휘둘렀던 내 행동이 재현된다. 그런가 하면 산수유나무 그늘에서 잠시 만났던 어린 소녀가 나타났다가 사라진다.

아내와 함께 보낸 옛날도 생각난다. 나란히 걷고, 또 걷고…. 그렇게 두세 시간을 걷고 난 후에 탑골공원 벤치에 앉아서 아이스크림을 사 먹으며 노독을 풀던 모습과, 그녀를 버스에 태워 보낸 후에 들었던 미안함, 그리고 결혼 후에 일어났던 여러 일들이 주마등처럼 스쳐 지나간다.

미국에서 살 때 가 보았던 뉴저지의 호숫가와 뉴욕의 거리 풍경이 떠오르다 없어지고, 손자·손녀가 재롱을 피던 동작과 얼굴 표정이 언뜻 나타났다 사라진다. 그러고는 늙은 아내와 내가 대신 그 자리를 차지한다. 어떨 땐 '언덕에 그림처럼 놓여 있었다던 의자 두 개'[6]와, 그 위에 나란히 앉아 있는 우리의 모습이 연상되기도 한다.

내 마음엔 이렇게 지나간 인생의 봄여름과 가을, 다가올 겨울의 내 모습이 파노라마처럼 펼쳐졌다 접어졌다 한다. 그 풍경을 바라보다가 '언젠가는 그 두 개의 의자 중에 하나가 비게 되고, 나머지 하나마저 뒤따라 비게 되겠지.' 하는 슬픈 생각이 떠오르는 것이다.

눈을 지그시 감고 마음속에 떠오르는 그림을 보다가 보면 옛날이 다시 그리워지곤 한다. 이럴 때 '그림'은 '그리움'의 준말이 아닐까 싶다.

요즘엔 기억이 하루가 다르게 쇠퇴해 감을 느끼고 있다. 언제까지 내 마음의 풍경이 남아 있을지 모르겠다. 다른 것들은 다 내려놓고 떠나더라도 엄마와 아내에 대한 그림만큼은 꼭 가져가고 싶은데…. 그럴 수 있을까.

8

눈 내리는 날

하늘에서 눈이 내려옵니다. 꽃비 내리는 것처럼 펄펄 날리고 있습니다.

눈 내리는 날은 차 마시기 좋은 날. 아내에게 차 한 잔을 부탁합니다. 찻물이 끓는 동안 저는 창밖을 바라보며, 넘치는 시정을 주체하지 못하고 시 한 편을 머릿속으로 구상하고 있습니다. 옛날 선비의 모습을 흉내 내 보는 겁니다.

눈을 한 움큼 집어 와 끓여야 좋을 것인데 옷을 갈아입고 밖으로 나가는 것이 왠지 번거롭게 생각되어, 아내가 정수기물로 차를 끓이는 것을 짐짓 모른 척하고 있습니다. 이왕이면 계절에 어울리는 차를 마시고 싶지만 한겨울에 어울리는 게 뭔지 몰라서, 언젠가 제주도 오설록에서 사 두었던 녹차가루를 넣는 것도 못 본 척하고 있습니다.

옛날엔 찻잎이 없으면 솔방울을 대신 넣어 끓였다고 합니다. 이럴 줄 알았더라면 한두 개 미리 주워 놓을걸…. 후회해도 때는 이미 늦었습니다. 비단 차뿐이겠습니까. 실상은 다기조차 갖추지 못한 가난한 살림인데요.

다관이랄 것도 없는 한낱 주전자 속에서도 찻물은 보글보글 잘도 끓고 있습니다. 김이 모락모락 피어오릅니다. 옛날엔 입이 좁은 매병을 바깥에 내놓고 눈을 받거나 매화가지에 내린 눈을 조심스럽게 병 속으로 미리 옮겨 놓았다고 하지요. 그렇게까진 하지 못하더라도, 그 정경을 마음속으로 그리며 아내의 손동작 하나하나를 멀리서 지켜봅니다.

차 끓이는 시간은 길수록 좋다는데 마음은 까닭도 없이 조급해집니다. 참지 못하고 일어나서, 이제나저제나 하며 입맛을 다시고 있습니다.

옛날에 심복이라는 사람에겐 사랑하는 아내 운(芸)이가 있었다지요. 그녀는 남편을 위해 매일 밤 잠자기 전에 차주머니를 연꽃에 넣어 두었다가, 이른 새벽에 다시 꺼내어 향기로운 차를 만들어 주었다고 합니다.

제 아내도 그 여인만큼이나 사랑스럽습니다. 아침부터 늦은 밤까지 식사는 물론 잠자리까지도, 궂은 일 마다하지 않고 언제나 저를 챙겨 줍니다. 행실도 그렇지만 마음은 소나기 내린 것만큼이나 시원시원하답니다. 방금 전에도 차 마시고 싶다는 뜻을 넌지시 밝혔더니 군말 없이 저를 위해 만들고 있습니다.

미안하기도 하고 고맙기도 해서 의사 표현을 해 보려고 했지만, 그게 오히려 그녀의 기분을 상하게 할까 봐 꾹 참고 있어요.

드디어 찻잔을 마주하고 있습니다. 눈 내리는 모습을 감상하다가 한 모금 마시고를 반복하고 있습니다. 마음이 절로 맑아지는 것 같습니다. '바로 이런 느낌이구나!' 감탄합니다.

이럴 때 멋진 시구 하나가 떠오르면 얼마나 좋을까요. 이리저리 궁리해 봅니다. 아무리 해도 마뜩잖습니다. 지우고 다시 생각하기를 여러 번, 간신히 시 한 수를 건져 내어 읊어 봅니다. 그러고는 얼른 종이를 찾아서 몇 자 적어 봅니다.

아침부터 흰 눈이 펄펄 내리고 있다
하나님 보시기에 얼마나 더러우면
세상을 온통 하얗게 색칠하고 계실까

저의 작은 마음에도 하얀 눈이 내립니다. 욕심과 불안, 미움, 사랑까지도 지워지고 있습니다. 이제 제 안에 깨끗한 눈 말고는 아무것도 없어요. 심지어 저조차도 보이지 않습니다. 그야말로 무념무상입니다.

9

싸리꽃

내가 사는 곳은 시골, 바람 부는 언덕에 위치한 꽃피는 마을이다. 서울 나들이가 조금 불편할 뿐 살아가는 데는 별문제가 없다. 있어야 할 편의 시설은 마을 주변에 다 있다. 게다가 한복판에 회관이 있어서 주민들의 친교 모임이 수시로 열린다. 여기도 사람이 살 만한 작은 세상이다.

마을회관 안에는 커피숍이 있고, 헬스장이 있고, 목욕탕이 있다. 각종 잔치를 벌일 수 있는 연회장도 있고, 외부에서 손님이 오면 하룻밤 묵어갈 수 있는 여인숙도 마련되어 있다. 직원 두 사람이 낮과 밤, 2교대로 매일 근무한다. 시설 이용료는 인건비와 관리에 필요한 실비만 받는다.

출퇴근하는 사람들을 빼고, 노인·주부·어린이 할 것 없이 주민 거의 모두가 하루 종일 이곳에서 북적인다. 일 없이 사는 나도 그들 틈에 끼어 마을회관에서 시간을 보낼 때가 많다. 날씨 좋은 날엔 반나절을 뒷산 숲속에서 놀다가, 나머지 반나절은 이곳에서 놀곤 하는 것이다.

며칠 전의 일이다. 마을회관에서 목욕을 마치고 키를 반납하러 걸어가고 있었다. 카운터 앞에서 모르는 어느 여인이 나를 바라보며 환하게 웃고 있었는데, 설마 나를 보며 웃는 것은 아니겠지 하고 시선을 피했다.

키를 반납하며 다시 쳐다보니 여전히 생글생글 웃는 것이었다. 누구시냐는 눈빛으로 바라보았더니 "경실 언니….''라고 말했다. '경실'은 내 아내의 이름이다. 둘이 잘 아는 사이가 분명했다. "아, 네….'' 대답하며 가볍게 목례했다. 다른 말을 더 하기가 멋쩍어서 빙그레 웃어 주고는 뒤돌아섰다. 걸어가다가, 아내에게 이 사실을 알려 줘야 할 것 같아서 이름이라도 물어보려고 뒤를 돌아보니 그새 사라지고 없었다.

집으로 돌아와서 아내에게 얘기했다. 마을회관에서 처음 본 여성이 나를 보며 웃더라 하며 의아해서 쳐다보니 "경실언니''라고 말하더라고. 그러냐고 대답하고 말더니, 오늘에서야 그 여성이 누구인지 내게 가르쳐 주었다. 얼마 전부터 자신에게 "언니, 언니'' 하며 따르던 사람이 있다고. 이름은 '순나'라고 했다. 아내도 자못 궁금했었는지, 자기에게 언니라고 부르는 사람들에게 일일이 물어보았던 모양이다.

이름을 듣자, 활짝 웃던 그녀의 그때 모습이 떠올랐다. 아담한 몸매에 잘 어울리는 작고 둥그스름한 얼굴. 처음 본 남성에게 먼저 웃음을 던진 때문인지 홍조가 번져 있던 표정이 또렷이 기억나는 것이었다. 그러면서 언젠가 보았던 분홍빛의 앙증맞은 싸리꽃이 자연스럽게 연상되었다. 자세히 들여다보지 않으면 그냥 지나치게 되는, 흔하디흔한 그 꽃이 '순나'라는 여성의 얼굴에 오버랩되는 것이었다.

　오늘도 나는 마을 뒷산 숲속에서 놀고 있다. 키 큰 나무들과 그 옆 풀밭 사이로 걷다가, 힘들면 벤치에 앉아서 하늘을 바라본다. 매미가 쉴 새 없이 울고, 까치와 산비둘기가 번갈아 날아다니며 운다. 울음소리가 다른 새들도 있다. 그중엔 태엽 감는 소리로 우는 새도 있다. 신기한 일이다.
　들고 나온 책을 읽다가, 심심하면 다시 숲 사이로 걸으며 꽃을 찾아본다. 옥잠화와 맥문동이 눈에 띈다. 좀처럼 찾아볼 수 없었던 달맞이꽃도 보인다. 달이 뜨기만을 하루 종일 기다리는 이 꽃은 '기다림과 말없는 사랑'이라는 꽃말을 갖고 있다. 밤마다 엄마를 그리워하는 내 마음인 듯하여, 한동안 보고 쓰다듬다가 집으로 돌아간다. 이맘때면 아내가 점심을 차려 놓고 기다릴 것이다.

　지금은 다시 마을회관 커피숍에 나와 앉아서 지나가는 여성들을 바라보고 있다. '이름을 불러 주기 전에는 다만 하나의 몸짓에 지나지 않는'[7] 그 꽃들을 무심히 곁눈질하며 시간을 보내는 중이다. 그분들 각자에게 어울릴 만한 꽃을 연상해 보기도 한다. 화장을 한 여성에게는 장미나 백합 같은 화려한 꽃을, 맨얼굴인 여성에게는 분꽃이나 진달래 같은 수수한 꽃의 이름을 생각나는 대로 붙여 본다.

나는 수수한 꽃이 더 좋다. 화려한 꽃은 아름답기는 한데, 왠지 정이 가지 않는다. 사람도 마찬가지다. 화장을 한 얼굴보다는 맨얼굴이 대하기가 마음 편하다. 그리고 활짝 핀 꽃보다는 살짝 시든 꽃이 더 살갑게 느껴진다. 동병상련의 슬픔을 느끼고 있어서 그런지도 모르겠다.

그러고 보니 집에도 시들어 가는 꽃이 있다. 말만 알아듣는 게 아니라 내 마음까지도 알아주는 그 꽃이 문득 보고 싶다. 돌아가야겠다. '그래, 나만 바라보는 해바라기인데….'

집까지는 불과 100여 미터. 꼬불꼬불한 오솔길, 나는 꽃과 꽃 사이로 걸어가고 있다.

내가 사는 이곳이 '꽃피는 마을'이라는 게 나는 너무 좋다. 눈만 뜨면 볼 수 있는 꽃들이 주변에 많아서 좋고, 마을 어디를 다녀도 웃으며 다니는 꽃 같은 여성들을 만날 수 있어서 좋다. 책 읽고 꽃 보는 재미가 있으니, 외롭지만 이만하면 그런대로 살 만

하다.

　싸리꽃이 문득 생각난다. 자세히 들여다보지 않으면 예쁜 줄도 모르고 그냥 지나쳐 가게 되는 그 꽃이, 그 꽃을 닮은 여인의 눈부신 웃음이 이유도 없이 떠오른다.

10

늙은 나비

산길을 걸어가고 있을 때였습니다.

어디에선가 하얀 나비가 날아오더니 제 가슴팍에 앉았어요. 조금 있다가 날아가겠지 하고 그냥 내버려 두었는데, 백여 미터를 걸어도 꼼짝하지 않고 붙어 있는 거예요. 너무 신기해서 저는 나비를 손으로 가리키며 "여보, 이것 좀 봐."라고 말했었지요.

아내가 나비 근처에 손바람을 여러 차례 일으켰습니다. 그래도 나비가 결사적으로 옷깃을 붙들고 있자 날개를 손으로 살며시 잡아 허공으로 던졌습니다. 어쩔 수 없이 날아가기는 하는데 금방이라도 떨어질 것처럼 힘이 없어 보였습니다. 그 모습을 잠시 지켜보더니 이렇게 혼잣말을 하더군요.

"늙었나 봐. 잘 날지도 못하네."

그 말을 듣는 순간, 저는 뭔지 모를 슬픔에 젖어 들었습니다.

갈 데가 없는 날이면 저는 집 앞 숲속에서 혼자 놉니다. 불어오는 바람을 두 팔로 안아 보기도 하고, 꽃잎을 들여다보며 말을 걸거나 향기를 맡아 보기도 합니다.

옛날엔 활짝 핀 꽃으로 곧장 다가갔지요. 요즘엔 그렇게 하지 못하고 나비가 앉을까 말까 주저하듯이, 다가갈까 말까 한동안 망설인답니다. 한껏 몸단장하고 나비가 날아오기만을 기다리는 젊은 꽃에게 몸도 제대로 가누지 못하는 늙은 제가 다가가는 것이 민망해서지요. 망설이다가 끝내는 시들어 가는 꽃으로 발길을 돌리고 맙니다.

오늘도 같은 행동을 반복하고 있습니다. 문득 예전에 보았던 늙은 나비가 생각납니다. 힘없이 날아가던 모습이 떠오르자 그때의 제 행동을 뒤늦게 뉘우칩니다. '아내에게 말하지나 말걸. 그랬더라면 계속 붙어 있었을 텐데….' 조금이나마 더 쉬게 놔두지 못한 것이 마음에 계속 걸립니다.

저도 한때는 젊은 나비였습니다. 하루 종일 날아다녀도 피곤한 줄 몰랐어요. 늘 그러리라 믿었는데, 불과 몇 년 사이에 조금만 걸어도 숨이 차고 다리가 아파서 앉을 데가 없는지 찾아보게 되었습니다. 세월 앞에 장사 없다더니, 어느새 제가 늙은 나비가 된 것입니다.

그런데 이상한 것은 몸이 그렇게 변했는데도 꽃을 보면 마음이 움직인다는 사실입니다. 다가갈까 망설였다는 것은 가 보고 싶은 욕심이 있었다는 뜻도 됩니다. 그래요. 나비처럼 날아가서 그 속에 코를 대고 싱싱한 향기를 맡고 싶었던 게 제 솔직한 심정입니다. 제 안엔 나비의 본능이 아직 살아 있는지 몸은 늙었어도 예쁜 꽃 앞에만 서면 다가가고 싶어서 자꾸 망설이게 된답니다.

옆에 있는 시들어 가는 꽃이 제게 말을 걸어옵니다. 무슨 생각을 그렇게 하느냐고요. 미안해집니다. 그러자 그 꽃이 빙그레 웃습니다. '초록은 동색'이라지요. 같이 늙어 가는 처지이니까, 그런 제 마음을 아는 눈치입니다.

그러고 보니 그때 그 늙은 나비가 제 가슴팍에 날아와 앉아 있었던 것도 비슷한 이유가 아니었을까 싶습니다. 제가 자신과 같은 처지로 보였던 것이겠지요. 설마 쫓아내지 않겠지, 그렇게 믿었던 것 같습니다. 그런 줄도 모르고 날려 보냈으니….

빈 의자에 앉아서 흘러가는 구름을 바라보고 있습니다.

헤아려 보니, 벌써 결혼 40주년입니다. 스무 살, 꽃처럼 아름답던 아내를 처음 보았을 때의 설렘을 다시 느껴 봅니다. 그때는 저도 스물 셋, 기운이 펄펄 나는 젊은 나비였었는데….

산길에서 보았던 그 늙은 나비는 어디로, 그렇게 열심히 날아가고 있었을까요. 이 늙은 나비는 여기에, 이렇게 힘없이 주저앉아 있는데….

저도 다시 기운을 내 봐야겠습니다. 살아 있는 동안엔 열심히 살아야지요. 그 나비처럼.

11

선(線) 긋는 버릇

나에게 버릇 하나가 새로 생겼다. 언제 어디서나 늘 볼펜과 종이를 들고 있는 것이다. 그것들이 손에 없으면 왠지 마음이 불안하다.

예전엔 한번 보거나 들은 내용을 잊어버리는 일이 거의 없었는데, 요즘엔 그런 일이 자주 일어나기 때문이다. 오랜만에 만난 친구의 이름조차 기억이 나지 않아 머뭇거릴 때가 있고, 심지어 매일 출입하는 현관문의 비밀번호를 잊어버려 당황했던 때도 있다.

볼펜과 종이를 들고 다니다가, 잊으면 안 될 것 같은 내용들은 생각날 때마다 적곤 한다. 쓸 게 없으면 아무거나 생각나는 대로 적는다. 사람 이름도 쓰고, 글감도 쓰고, 이런저런 단어도 쓴다. 동그라미나 네모를 그리거나, 이리저리 선을 죽 긋기도 한다.

오늘도 사랑, 야망, 인생 등 떠오르는 낱말을 쓰다가 별 뜻 없이 선을 긋고 있었다. 왼쪽에서 오른쪽으로 긋다가, 그 위 아래로 또 다른 선들을 긋기도 하다가, 서로 교차하도록 그었다. 그러다가 가운데 선 하나가 내 인생인 것 같다는, 선이 시작되는 왼쪽 점이 나의 출생이고 선이 끝나는 오른쪽 점이 나의 소멸인 듯한 이상한 생각이 문득 들었다.

이상한 게 아니라 그럴듯하다. 내 선과 멀리 떨어진 여러 개의 평행선은 나와 별 인연이 없는 사람일 듯하고, 어느 지점에선가 내 선과 교차한 선들은 나와 인연을 맺은 사람들일지도 모른다. 옆에 써 놓은 낱말들이 눈에 들어온다. 그동안 수없이 만났던 사람들과의 관계를 일일이 정의할 수는 없겠지만 몇 개의 단어만으로도 어느 정도는 헤아려 볼 수 있을 것 같다.

아무렇게나 그은 선 하나에 '인생'이란 무거운 의미를 부여해 놓고 보니 신중해지지 않을 수 없다. 나의 선부터 살펴본다. 일직선으로 그어져 있는데 어느 지점부터는 비뚤비뚤하다. 손목 놀림만으로는 끝까지 그을 수 없어 팔 전체가 움직였기 때문이다. 중심이 흔들렸으니 당연한 결과다. 물리적으로는 그렇지만, 수많은 갈등을 겪으며 살아온 내 삶의 표징인 것 같다는 생각이 든다.

그리고 보니 선들이 죄다 똑바르지 않다. 우리네 삶이 곧게 살아온 것 같아도 조금씩은 굴곡이 있는 것처럼 휘어지거나 구부러져 있다. 게다가 출생과 사망이 각자 다르듯이 왼쪽 시작점과 오른쪽 종점의 위치가 제각각이다. 선 하나가 각자의 인생이라고 가정하면 선과 선이 교차한 지점에서 누군가와 사랑을 나누었을 것이며, 때로는 이별의 슬픔이나 배신 같은 아픔을 겪었을지도 모른다.

왼쪽 시작점 근처에 내 선과 엇갈린 선들을 유심히 보며 예전에 만났던 사람들을 떠올려 본다. 이 선은 어릴 적에 잠깐 만난 어느 소녀일 것 같고, 또 이 선은…. 그런데 이상하게도 오른쪽 종점 근처엔 내 선과 맞닿거나 가까이 붙어 있는 선이 별로 없다. 아마도 지금의 내 고독한 처지를 상징하는 것이리라.

나는 일부러 내 선의 위아래로 줄 두세 개를 더 그어 본다. 왼쪽부터 오른쪽으로 평행이 되도록 길게 뻗어 오다가 내 인생의 지금쯤 되는 언저리에서 교차하도록 긋는다. 그곳부터는 거의 겹칠 정도로 가깝게, 끝까지 나란히 긋는다. 찾아오는 사람 아무도 없는 현실과 어쩔 수 없는 내 슬픔을 이렇게라도 잠시 풀어 보고 있다.

이 쓸쓸한 생활에서 벗어나고 싶다. 정말로….

12

쓸쓸한 명동

요즘 들어 부쩍 옛날이 그립다. 눈 감으면 떠오르는 거리 풍경과 얼굴들…. 나이 탓이려니 해 보지만 더 이상은 참기 힘들다.

그리운 곳은 다 고향이다. 낳아서 자란 곳은 물론이요, 이사해서 살았던 곳도 고향이나 다름없다. 국민학교와 중·고등학교, 심지어 대학교 주변까지도 내겐 고향이나 마찬가지다. 자주 들어가던 분식집과 문방구점, 책방과 좌판 떡볶이…. 그것들의 위치와 모습이 코앞에 있는 것처럼 또렷이 떠오른다.

나는 때 없이 눈을 감고 고향 언저리를 맴돌다가 돌아온다. 그 시절 그곳에서 만났던 사람들이 그리워진다.

며칠 전 헌책방에 들러서 절판된『명동야화(夜話)』[8]를 구입했다.

생각해 보니 명동, 그곳도 내겐 고향이나 다름없다.

이십 대 청춘부터 반백이 다 되도록 매일 출퇴근했던 외환은행 본점. 지금도 눈 감으면 떠오르는 명동의 꼬불꼬불한 골목들, 그때 나와 고락을 함께했던 직장 동료들….

'그곳은 지금 어떻게 변했을까? 여전히 인파로 붐비고 있을까?' 그 시절이 그립다.

그땐 거의 매일, 밤을 새다시피 했었다.

은행 영업이 끝난 후 몇 시간은 자유로웠다. 모든 지점이 그날의 계산을 맞추느라 바빴고, 그 일이 끝난 후에야 나는 다음 날의 영업을 준비하느라 새벽까지 컴퓨터와 씨름했었다.

근처 식당에서 저녁을 사 먹고 당구장에서 시간을 보내도 내가 맡은 업무를 시작하기엔 아직 일렀다. 무료함을 달래느라 명동의 밤거리를 여기저기 돌아다녔다.

본점에만 있다가 지점으로 발령 난 후론 집사람과 롯데백화점에 갈 때나 잠깐 들렀을 뿐, 그 정든 거리를 내 맘껏 밟아 보지는 못했다.

지점 생활 10년, 은퇴한 지도 어느새 10여 년. 그러고 보니 명동을 꽤 오래 잊고 살아왔다.

『명동야화』를 읽으며 새로운 사실을 알게 되었다.

명동은 해방 후에 붙여진 이름이라든가, 밤이면 알 만한 문인들이 그곳으로 모여들어 낭만을 즐겼다는 일화를 읽으며 관심 가는 곳을 몇 군데 골라 놓았다.

답사해 보려고 벼르고 있었는데, 오늘 마침 서울에 나갈 기회가 생겨서 오랜만에 명동에 나와 있다.

옛날 지도를 들고 제일 먼저 찾아간 곳은 박인환이 머물렀다던 '동방살롱'이다.

외환은행 본점에서 명동성당 쪽으로 불과 100여 발자국쯤 올라가다 보면 왼쪽에 있다고 지도에 표시되어 있다. 그 맞은편에는 막걸리를 팔던 '경남집'이 있었다는데, 그곳에서 박인환은「세월이 가면」이란 시를 즉흥적으로 썼고, 함께 있던 이진섭이 즉석에서 작곡했으며, 나애심이 연습도 없이 그 노래를 불렀다고 한다.

찾아가 보니, 동방살롱이 있던 3층 건물은 사라져 보이지 않고 그 자리엔 '북촌 손만두'집이 앉아 있다. 맞은편에 있었다던 '경남집'과 '봉선화다방' 역시 작은 상가들로 바뀌어 있다.『명동야화』가 출판된 1982년도엔 동방살롱 건물이 있었다는데, 내가 그때 문학에 조금만 관심이 있었다면 찾아가서 살펴볼 수도 있었을 것이다. 그 기회를 놓친 것이 너무나 아쉽다.

더 위로 올라가, 나는 지금 M플라자 앞에 서 있다.

『명동야화』에는 이곳이 바로 '명월관'이 있던 자리라고 한다. 해방 후에 그것이 없어지고 한동안 명동공원으로 남아 있다가 나중에 작은 건물 몇 개가 들어섰는데, 그 안에 전혜린이 즐겨 다

녔다는 '돌체 다방'이 있었고, 그 근처에 '설파 다방'도 있었다고
한다.

 주변을 아무리 둘러봐도 보이지 않는다. M플라자 건물을 지
으면서 둘 다 사라진 것 같다. 돌체 다방은 가 본 기억조차 없지
만 설파 다방은 아내를 처음 만났던 곳이라서 있으면 들어가 보
고 싶었다.

 '그때가 벌써 43년 전의 일이니 남아 있을 리 없겠지.' 하면서
도 그 자리를 떠나지 못하고 한동안 서성거린다.

 이리 보고 저리 보고, 거리와 건물을 살펴보느라 시간이 많이
흘렀다.

 어느덧 어둠이 내려와 불빛만 요란할 뿐 건물 이름이 보이지
않는다. 다른 곳의 답사는 다음 날로 미루고, 이제 그만 집으로
돌아가야겠다.

 책에서 읽은 여러 전설들을 떠올리며 을지로 쪽으로 다시 내려
가고 있다.

 그냥 가기가 아쉬워, 외환은행 본점 앞에 잠시 서서 뒤돌아본
다. 그러고 보니 외환은행도 사라지고 지금은 하나은행으로 바
뀌어 있다. 골목길은 여전한데 상점들은 왠지 낯이 설다. 사람들
은 많은데 그리운 얼굴은 아무리 살펴봐도 없다. 세월이 가면 다
이렇게 쓸쓸해지는 것인가!

버스 타고 집으로 돌아가는 내내 마음은 옛날 명동에 머물러 있다.

그때 그 사람이 그립다. 설마 살아들 있겠지. 우연히라도 만나게 되면 서로 알아볼 수나 있을까.

눈을 지그시 감고 「세월이 가면」을 떠올려 본다.

사랑은 가고 옛날은 남는 것…

그 벤치 위에 나뭇잎은 떨어지고,

나뭇잎은 흙이 되고, 나뭇잎에 덮여서

우리들 사랑이 사라진다 해도…

3부

꽃과 나비로

아내와 이렇게 오십 년만 더 살면 좋겠어요

아내는 꽃으로 저는 나비로 계속 살고 싶어요

이 세상 떠나는 마지막 순간까지도…

1

이슬비
내리는 날

이슬비가 내린다. 소리 없이 눈물처럼 내린다.

보고 있노라면 그 빗물이 내 마음속으로 촉촉이 젖어 든다. 나도 모르게 눈을 감는다.

어릴 적에 보았던 엄마의 얼굴이 떠오른다. 아궁이 옆에서, 판잣집 벽 뒤에서, 때 없이 몰래 우시던 모습이. 소리 죽이며 울다가 눈물을 지우고 나서, 아무렇지도 않은 듯이 내게 웃어 주시던 표정이 문득 되살아나는 것이다. 그럴 때마다 내 눈에도 물기가 돌곤 한다.

'세상에서 가장 아름다운 단어는 엄마'[9]라고 한다. 나도 그렇게 생각한다. 최상의 아름다움이란 상상을 통해 막연히 느껴지는 게 아니라 체험을 통해 분명히 느껴지는 감정이어야 하고, 그에 더하여 일시적인 게 아니라 시간을 초월해야만 한다고 믿고 있다.

엄마는 누구에게나 가장 아름다운 존재이지만 나에게만은 더더욱 아름다운 이유가 있다. 이슬처럼 영롱한 눈물이 두 눈에 늘 어리어 있었기 때문이다. '슬프지 않으면 아름답지 않다'는 어느 시인의 말을 나는 지금도 여실히 느끼고 있다. 엄마를 떠올리면 나도 모르게 슬퍼지곤 한다.

서른 살, 젊은 나이에 홀로 되신 엄마. 네 살인 나와 배 속에 애기를 품고 앞으로 어떻게 살아가야 할지 막막하셨을 것이다. 비그을 곳이 마땅치 않고 비 맞고 걸어가기에도 무리인, 이슬비 내리는 지금과 비슷한 상황이었을 것이다. 엄마는 끝내 우리를 포기하지 않으시고, 내리는 빗속을 외롭게 걸어가셨다.

쌀이 떨어지고 땔감이 떨어져서 전전긍긍하시던 엄마의 모습이 눈에 선하다. 손바닥만 한 부엌에 쪼그리고 앉아 마음 놓고 울지도 못하셨다. 눈가에 맺힌 이슬을 보면 어린 내 마음도 왠지 모르게 슬펐다. 내가 할 수 있는 일이라곤 배고픔을 참는 것 말고는 달리 없었다. 어쩌다 내 얼굴을 마주칠 때면 어색한 웃음을 지으며 난감해하시던 엄마의 표정이 요즘도 나를 울린다.

밥을 지을 땐 일부러 누룽지를 만들었다. 한번 먹고 난 후에 물을 많이 넣고 다시 끓여, 물인지 죽인지 모르는 것으로 또 한 끼를 때워야 했다. 나는 나대로 동생은 동생대로 아무런 불평 없이 지냈다. 어린 마음에도 엄마의 슬픔을 조금은 이해하고 있었던 것 같다. 그러고 보니, 엄마가 끼니를 제대로 해결하는 모습을 본 기억이 별로 없다. 밥 대신에 흐르는 눈물을 마시며 사셨을 것이다.

세월이 흘러 그때 그 두 아들은 어엿한 어른이 되었건만, 엄마는 늘 좋은 옷 좋은 음식을 마다하고 자나 깨나 자식 걱정뿐이셨다. 아프지나 않은지, 밥은 제대로 먹고 사는지 걱정만 하시다가 안 좋은 일이 일어나기라도 하면 뒤돌아 앉아서 소리 없이 우셨다. 아버지만 살아 계셨어도 아니, 당신이 조금만 더 유능했어도 일어나지 않았을 일이라며 힘든 현실을 모두 자신의 탓으로 돌리셨다. 우리 엄마도 '이 세상에서 가난하고 외롭고 높고 쓸쓸하니 살아가도록 태어나'[10]셨던 것이다.

오늘따라 엄마가 더 그립다.

맑은 날이 별로 없이, 거의 매일 이슬비가 내렸던 엄마의 인생이 가엾다. 한평생을 눈물 흘리다 떠나가신 엄마가 내게 남기고 간 추억들은 언제 보아도 슬프다.

하늘나라에선 눈물 흘리실 일이 부디 없기를….

창밖엔 이슬비가 내리고 있다. 내 가슴에도 눈물 같은 이슬비가 내린다. 그때는 엄마가 울었지만 지금은 내가 울고 있다.

2

사진의 가치

저는 지금 사진 한 장을 들여다보고 있습니다. 색이 누렇게 변한 옛날 사진입니다.

두 남자가 앞을 보며 웃고 있습니다. 둘 다 빡빡머리이니까 스무 살 안팎일 것 같습니다. 서 있는 모양이 아주 자연스럽습니다. 왼쪽 사내는 얼굴이 넙데데하고 허름한 잠바에 헐렁한 바지를 입었으며, 양손을 호주머니에 찔러 넣었고요. 오른쪽 사내는 저처럼 얼굴이 갸름하고 군복 비슷한 상의에 반바지 차림인데, 무릎 아래로 각반을 찼으며 뒷짐을 지고 있어요. 오른쪽 남자가 바로 제 아버지입니다.

아버지는 제가 네 살 때 돌아가셨습니다. 이름 석 자만 남기셨을 뿐 아무런 유품도 제겐 전달되지 않았습니다. 뵙고 싶으면 제 얼굴을 들여다보곤 했습니다. 아들이니까, 설마 닮은 구석이 있겠지 했던 것이지요.

고모가 졸수에 가까워지자 소지품을 정리하셨던 모양입니다. 사진첩에 남아 있던 아버지 사진을 떼어 제게 몇 장을 보내 주셨습니다. 머리를 기르고 양복을 빼입은 모습의 사진은 영정으로 잘 보관해 두었고, 지금 손에 들고 있는 이 사진은 제가 수시로 보며 그리움에 젖곤 합니다.

오늘도 사진을 보면서 저와 어디가 어떻게 닮았는지를 세심히 살펴보는 중입니다. 아무리 뜯어봐도 저보다는 동생이 더 많이 닮은 것 같습니다. 부리부리한 눈매에 우뚝한 콧날, 그리고 입술 사이로 드러난 치아는 물론이고 동그란 안경테 뒤로 보이는 쌍꺼풀까지도 거의 똑같습니다.

아버지도 어렸을 때는 어지간히 장난꾸러기였던 것 같습니다. 웃을 때 입가에 잔주름이 잡힌 것과 눈초리가 가늘어지며 살짝 올라간 것, 게다가 눈동자에 어려 있는 장난기를 보니 여간 아니었겠습니다. 웃는 모양이 동생과 어쩌면 그렇게 닮았는지…. 그래도 저는 괜찮습니다. 조금도 섭섭지 않습니다. 아버지를 못 보고 태어난 동생에게 얼굴을 물려주신 것은 당연하니까요.

'젊은 아버지'와 '늙은 아들'이 서로 마주 보고 있는 이 기막힌 아이러니가 이상야릇하게도 제 가슴을 뛰게 합니다. 근엄한 표정보다는 순진해 보이는 인상이 훨씬 더 살갑게 다가오기 때문이겠지요. 아버지도 저의 늙은 모습을 보면서 '네가 나 없이도, 무사하게 잘 자랐구나.' 하며 대견하게 생각하실 것 같습니다. 그동안 관념으로만 존재해 오던 부자 사이가 이 사진 한 장으로 금방 친밀해지고 있습니다.

　사진의 가치를 새삼 생각해 봅니다.
　빛바랜 이 사진 한 장에 아버지의 젊은 시절이 고스란히 담겨 있고, 제 평생의 그리움이 녹아 있습니다. 어느 사진이든 그 안엔 잃어버린 우리의 지난 세월과 잊고 있던 옛 추억이 스며 있게 마련이지요. 사진 찍을 당시는 미처 생각하지 못했던 것들이 언젠가는, 또 누군가에겐 특별한 의미로 나타나게 됩니다. 의미가 깊을수록 가치 또한 커질 것입니다. 저에게 이 사진이 만금을 줘도 아깝지 않을 만큼 귀중하듯이.
　요즘처럼 휴대폰으로 사진을 쉽게 찍고, 저장하고, 보고 지우는 시대엔 종이 사진이 덜 중요하게 생각될는지 모르겠습니다. 하지만 작은 칩에 저장된 사진은 저절로 드러나는 법이 없지요. 있는지조차 모르고 사라질 수도 있습니다. 잘 나온 사진은 화면으로 보고 끝낼 게 아니라 종이로 인화까지 해 둬야 안전합니다.
　자손들이 돌아가신 분을 그리워하거나 궁금해할 때 그분의 인생을 파노라마로 죽 펼쳐 볼 수 있다면 얼마나 좋을까요. 그렇게 하기 위해서는 어렸을 때부터 늙어 꼬부랑 노인이 될 때까지, 시기별로 사진을 골고루 준비해 두는 게 나을 듯합니다. 저도 앨범과 휴대폰을 살펴봐야겠습니다. 물려줄 만한 게 있는지.

　최근엔 사진에 찍히는 것을 피해 왔습니다. 하지만 늙어 보이는 이 모습도 그 나름 가치가 있을 듯합니다. 앞으로는 기회가될 때마다 찍어 달라고 해야겠습니다. 소중하게 간직할지 말지는 먼 훗날 아들딸이 결정할 문제이고, 좋은 사진을 남기려는 노력은 지금 제가 감당해야 할 몫이니까요. 슬프지만 아름다운 작업이지요.

　이제는 아버지 사진을 잘 갈무리해 둡니다.

　거울 앞에 서서 입을 양옆으로 길게 벌리고 '치즈' 해 봅니다. 보는 사람도 없는데 괜히 쑥스러워집니다. 세월의 때가 묻어서인지, 아무리 표정 연습을 해도 사진 속의 아버지만큼 해맑아 보이지는 않습니다.

　늙은 이 모습을 사진으로 남겨 둔다고 생각하니 고민이 되긴합니다. 그래도 최근엔 사진을 찍은 게 없으니 분을 조금 바르든지 아니면, 표정 연습을 더 해서라도 한 장쯤은 남겨야 할 것 같아요.

3

아! 멋진 세상

참으로 멋진 세상이 아닙니까. 이만하면 천국이 따로 없지요. 곰곰이 생각해 보니, 제가 복에 겹다는 느낌이 듭니다.

저는 이 우주 안에, 태양계에 속하는 작은 '푸른 점'[11] 이 지구에, 북동아시아 한쪽 끝에 위치한 새끼손가락만 한 한반도에, 그것도 절반 아래쪽에 있는 대한민국의 수도 서울에서 불과 30㎞ 떨어진 후미진 작은 동네에, 성냥갑만 한 아파트에 들어앉아서 아주 마음 편히 잘 살고 있습니다.

얼마 전에 지구를 찍은 위성사진을 본 일이 있는데, 얼마나 아름답던지 감탄이 절로 나왔습니다. 푸르고(靑) 푸른(綠) 오묘한 빛깔에 인간이 창조한 문명의 오렌지 빛깔 야광이 한데 어우러진 모습은 다른 행성들과는 비교조차 할 수 없으리만치 멋있었습니다. 하고많은 행성들 중에서 이곳 아름다운 지구에 우리가 태어난 것은 행운이 아닐는지요.

우리가 살고 있는 이 세상을 찬찬히 생각해 보세요. 하루의 반은 해가 뜨고 나머지 반은 달이 뜬다는 사실, 정말 신기하지 않습니까. 낮과 밤이 돌아가며 있기에 낮은 낮대로 밤은 또 밤대로 우리는 일을 하거나 꿈을 꾸거나, 각자 하고 싶은 욕망을 마음껏 채워 가며 살 수 있습니다. 그뿐입니까. 봄·여름·가을·겨울이 돌아가며 다가와 잠시도 지루할 틈이 없습니다.

눈만 뜨면 보이는 우리 주변의 자연은 또 얼마나 매력이 있습니까. 산과 들, 강과 바다가 적당하게 잘 어우러져 있어서 가고 싶고 보고 싶은 대로 얼마든지 즐길 수 있고요. 어느 산 어느 들에 가더라도 아름다운 꽃과 나무들이 우리를 반기고, 어느 강 어느 바다에 가더라도 다양한 물고기들이 우리를 심심치 않게 하지요.

자연만이 멋진 게 아닙니다. 우리 인간들이 이룩한 문명은 또 어떻습니까. 저는 옛날이 아닌 21세기에 살고 있다는 사실도 매우 흡족합니다. 몇 달이 걸려도 못 가 볼 먼 거리의 새로운 풍광을 불과 몇 시간만 가면 얼마든지 볼 수 있습니다. 그뿐이 아닙니다. 눈 깜짝할 사이에 전자기기를 통해 서로의 안부를 묻고 답하는 이 문명의 혜택을 옛날엔 누가 감히 상상이나 했겠습니까.

우리가 살고 있는 집만 해도 그렇습니다. 단추 하나만 누르면

더운 공기와 찬바람이 마음먹은 대로 술술 나오고, 빨래나 설거지도 사람의 손을 거치지 않고 척척 해결되는 세상이 아닙니까. 눈만 뜨고 귀만 열어 놓아도 다른 지역 다른 나라에서 일어난 일들을 실시간으로 빠짐없이 보고 듣지 않습니까. 정말로 신기한 일들이 벌어지고 있는 것입니다.

사람의 목숨도 그렇습니다. 옛날엔 작은 병조차 고칠 기술이 없어서 그냥 허무하게 삶을 포기한 생명들이 얼마나 많았습니까. 지금은 치료는 물론이고 예방까지도 할 수 있으니 백 년은 너끈하게 살 수 있지요. 게다가 못생겨서 심란한 사람에게는 성형을, 신체 부위 하나가 나쁘면 그 부분만 잘라 내거나 바꿔 끼기까지 할 수 있으니 이제 더 이상의 심려는 내려놓아도 될 듯합니다.

날마다 새로운 기술이 출현합니다. 더 빠르고 더 안전하게, 더 오래 살 수 있는 환경이 만들어지고 있습니다. 지금도 이 정도인데 앞으로는 얼마나 더 멋지겠습니까. 이런 세상에 살고 있다는 사실만으로도 감사할 따름입니다.

저는 여태껏 잘 보이지도 않는 사람의 마음을 들여다보려고 애쓰며 살아왔습니다. 그동안 즐거움이 많았지만 괴로움도 적지 않았습니다. 얼마 남지 않은 인생이니까 이제부터는 자연과 문명을 만끽하며 살고 싶습니다. 이렇게 아름다운 세상을 제대로 보지 못하고 그냥 떠나간다면 너무나 아쉬울 것 같아요.

　지금은 인생도 자연도 모두 가을. 눈을 감고 낙엽 떨어진 거리의 풍경을 떠올려 봅니다. "아! 멋진 세상"이란 감탄이 절로 나옵니다.

4

봄꿈

벌써 봄입니다. 거실 창가에 앉아 있습니다. 책을 들고 졸다 깨다 합니다.

참지 못하고 기어이 드러눕고 맙니다. 구부린 허리를 쭉 펴고 머리를 바닥에 대고 나니 이렇게 편할 수가 없습니다. 저도 모르게 스르르 꿈나라로 날아갑니다.

시간이 얼마나 흘렀을까. 등허리가 배깁니다. 좌우로 뒤척이다가 실눈을 뜨고 창밖을 바라봅니다. 파란 하늘에 하얀 구름이 한 폭의 그림 같습니다. 얼마나 밝고, 맑고, 시원한지…. 아무리 솜씨 좋은 화가라도 저렇게 잘 그릴 수는 없을 듯합니다.

옆으로 길게 누워 제 눈높이의 구름을 보고 있노라니, 몸이 하늘에 두둥실 떠 있는 것 같습니다. 아래로 떨어질까 봐 불안했는데 어느 순간 마음이 편안해집니다. 눈이 다시 스르르 감깁니다.

저는 지금 구름 위를 거닐고 있습니다. 이렇게 한적할 수가 없습니다. 신선이 부럽지 않습니다. 구름 위로 끝없이 펼쳐진 하늘. 그야말로 일망무제입니다. 제 안에 밥찌꺼기처럼 들러붙어 있던 여러 근심, 회한, 번뇌 등이 한순간에 다 씻겨 나간 듯합니다. 대신에, 청청한 하늘빛으로 꽉 들어차 있습니다.

아, 상쾌합니다. 저 아래 세상에서 사람들과 떠들며 흥겹게 논다 한들 즐거움이 이만이야 하겠습니까.

구름 위를 이리저리 거닐어 봅니다. 한 줄기 생각이 스쳐 갑니다. 하늘나라의 문턱에 오지 않았는데도 이렇게 좋은데, 그 안에 실제로 들어가면 얼마나 좋을까요. 육신의 옷을 벗어야만 갈 수 있다는 그곳, 마음의 죄를 깨끗이 씻어 낸 후에라야 오를 수 있다는 그곳은 어떤 모습일까, 어떤 사람들이 살고 있을까, 하늘나라가 문득 궁금해집니다.

우주는 무한한 시간과 온갖 사물을 모두 담을 정도로 크고 넓은 공간이라지요. 머리 좋은 사람들의 말로는 이 우주 저쪽 어딘가에 우리와 같은 생명체가 존재한다고 합니다. 빛의 속도로 수억 년을 가야만 나타난다고 하는데, 혹시 그곳에 우리들이 생각하는 '천국'이 있는 건 아닐까요. 영혼이 갈 수 있는 곳들 중에서 가장 좋다는 그 나라에 저도 한번 가 보고 싶습니다.

하늘나라에 계신 아버님·어머님이 해마다 계절마다 이곳에 다녀가시는 것을 보면 그렇게까지 오래 걸리지 않을 수도 있습니다. 육신을 벗어 버린 영혼은 빛의 속도보다 훨씬 더 빨리 날아 간다는 말이 맞을지도 모릅니다. 그리운 엄마를 생각하면 지금 이라도 가 보고 싶지만 갈 수 있다는 보장도 없고, 또 당장은 갈 형편도 아니고….

구름 위를 노니는 이 기분, 말로는 설명하기 어렵습니다. 그렇 다고 다른 누구를 구름에 태워 드릴 수도 없으니 저 홀로 즐기기 만 할 뿐입니다.

갑자기 심심한 느낌이 듭니다. 아래 세상이 궁금해집니다. 때 마침 등허리가 다시 배깁니다. 몸을 반대로 뒤척이자 구름이 사 라집니다. '아차!' 하는 순간에 저는 도로 거실 바닥에 떨어져 있 는 것입니다. 잠시 잊고 있던 생각들이 제 안으로 들어오겠다고 서로 다투는지, 머리가 어질어질합니다.

그 순간 어디선가 들려오는 귀에 익은 목소리.

"그렇게 오래 낮잠 자면 몸에 안 좋아요. 어서 일어나, 식사하 세요."

"응, 알았어."

억지로 몸을 일으키려는데, 제일 먼저 드는 불편한 생각. '아, 몸이 왜 이렇게 뻐근할까.'

일어나 앉아, 창밖을 잠시 바라봅니다. 구름은 여전히 제자리에 떠 있습니다. 저 위에서 노닐던 기억이 이렇게 생생한데, 그게 꿈이라니요. 제 머리맡에 여옹의 베개가 있다면 혹시 모를까. 그렇지도 않은데 어찌 꿈일 수 있을까, 한참을 의심합니다.

차라리 집 안에 갇혀 있는 이 현실이 꿈이면 좋겠습니다. 아니, 제 인생 모두가 꿈이었길 바랍니다. 처음부터 다시 시작하고 싶어요.

5

꽃과 나비로

친구에게서 얻어 온 장미 두 송이를 베란다에 심어 키우고 있습니다. 얼마나 아름다운지 모르겠어요. 분홍빛과 보랏빛, 사이좋게 피어 있는 모습이 꼭 자매 같아요. 꽃말을 알아보니 분홍빛은 '행복한 사랑'이고, 보랏빛은 '영원한 사랑'이랍니다.

아침에 눈만 뜨면 베란다로 가서 얼마나 예뻐졌는지 살펴본답니다. 이리 보고 저리 보며 곱다고 혼잣말을 합니다. 벌써 3년째. 실제로 키워 보니 '화무십일홍'은 아닌 것 같습니다. 날짜를 따져 보진 않았지만 그 두 배쯤(?) 아닐까 싶어요. 아무튼 생각보다 훨씬 오래 피어 있습니다.

며칠 전엔 아내도 장미를 보며 예쁘다고 감탄했습니다. 옆에 있던 제가 "내 눈엔 당신이 더 아름답다."고 말해 주었습니다. 그랬더니 글쎄, 그녀의 안색이 확 밝아지면서 얼마나 좋아하던지요.

그날 이후로 아내를 자주 칭찬하고 있습니다. 젊어 보인다든가, 옷이 잘 어울린다든가, 당신은 웃는 모습이 보기 참 좋다든가, 때로는 음식 맛이 어쩌면 이렇게 좋으냐고요.

제가 칭찬할 때마다 건성으로 듣는 것 같더니 저 몰래 거울을 들여다보며 자신의 용모를 살펴보곤 한답니다. 기분이 좋아지는 말을 자주 들을수록 엔도르핀이 돌아서 젊어지는가 봐요. 아내의 얼굴이 하루가 다르게 예뻐지고 있습니다.

아내도 꽃이랍니다. 바깥에 있는 꽃만 보지 마시고 집 안에 있는 꽃도 한번 살펴보셔요. 잘 차려입지 않아서 그렇지, 화장하고 좋은 옷을 입으면 누구보다도 곱고 예쁘답니다. 아름다운 꽃을 꺾어서 집에 들여다 놓고는 오며 가며 눈도 맞추지 않는다면 예의가 아니지요.

그러면 후회하게 됩니다. 늙어서 힘없을 때 어쩌려고 그러세요. 자식 있어 봤자 아무 소용없습니다. 유일한 안식처는 조강지처뿐이랍니다.

제 아낸 무슨 꽃이냐고요?

요염하기보단 곱고 아름다워서 장미보다 아네모네가 더 잘 어울리는 것 같아요.

아네모네는 꽃말이 여러 개랍니다. 그중에, 제 마음에 꼭 드는 게 하나 있어요. '내 곁에 있어 줘서 고마웠어요'라는 것인데, 아내를 보고 있노라면 그 꽃말이 생각납니다.

제가 아내에게 해 주고 싶은 말이에요. 그런데 반대로 아내가 제게 해 주는 것 같아서 고맙기도 하고 미안하기도 하답니다.

사랑, 물론 좋지요. 행복한 사랑도 좋고, 영원한 사랑도 좋고. 하지만 하루가 다르게 시들어 가는 요즘엔 사랑보다는 함께 있어 줘서 고맙다는 마음이 더 절실하게 다가오는 것 같아요.

장미보단 아네모네이지만 장미도 좋아요. 요즘 저는 집에서 예쁜 장미도 보고 곱게 늙어 가는 아네모네도 본답니다. 매일 꽃밭에서 놀고 있어요.

베란다 장미를 보며 '예쁘다, 예쁘다' 칭찬했더니 생각보다 오래 살아 있습니다. 아내에게도 기회가 있을 때마다 아름답다고 말해 줍니다.

오늘은 아내가 눈치챌까 봐 그 말 대신에, 맨얼굴인데도 "화장했냐?"고 물어보았어요. 그러면서 그녀 몰래 눈물을 흘렸습니다.

저는 정말이지, 아내와 이렇게 오십 년만 더 살면 좋겠어요. 아내는 꽃으로 저는 나비로 계속 살고 싶어요. 이 세상 떠나는 마지막 순간까지도….

6
늙는다는 것은

오랜만에 구윤이가 찾아왔다.

조금 있으면 학교 갈 나이. 여기저기 뛰어다니는 그 애를 멀리서 지켜본다.

"얘야, 넘어질라!"

할아비 말을 들은 체도 하지 않는다. 자칫하면 발이 접질릴 것 같은데, 용케 다시 일어선다.

'나도 저럴 때가 있었지.'

그때가 바로 엊그제 같은데, 나는 어쩌다 이렇게 되었을까.

손자가 뛰어노는 모습을 바라보다가 문득 나의 현실을 깨닫는다. 늙는다는 것은 참으로 슬픈 일이다.

'성숙한 사람은 울지 말아야 한다.'고 스스로 다독이며 눈물을 참는다.

살아 있는 생명은 늙어 가게 마련. 그렇다고 해도 세월이 너무 빠르지 않은가.

어릴 때 같이 뛰어놀던 친구가 그리워진다. 인호, 상철이…. 그 애들은 지금, 어디서 무얼 하며 지낼까.

세월이 흘러도 변치 않는 모습 그대로, 언제나 내 마음속에 남아 있는 사람, 사람들.

보고 싶어도 참을 수밖에….

나는 칠십이 멀지 않다.

조심조심 걸어도 자칫하면 넘어진다. 얼굴은 쭈글쭈글, 어깨는 구부정하다. 어쩌다 허리를 펴면 마른 잎 밟히는 소리가 난다.

늙으면 자연히 옛날이 그리워지는가.

생각지도 않은 내 모습을 보며 어린 시절을 뒤돌아보고 있다.

어디선가 마른 바람이 불어온다.

오래도록 잊고 있었던 인연들을 하나씩 떠올린다.

우리 모두 세월 따라 걸어가는 사람들. 나도 쓸쓸한 그 길로 걸어가고 있다.

외로워도, 슬퍼도 살아야 한다. 살아갈 수밖에 없다.

아! 인생, 잠깐이다.

7

내가 그린 그림

──────────

또 하루가 간다.

내게 주어진 시간이 점점 줄어드는 것을 의식하고 있다.

때 없이, 지난날이 그리워진다. 눈 감으면 가난하고 외로웠던 어린 시절이 떠올랐다 지워지고, 행복했던 젊은 날의 기억들이 하나둘 그림처럼 나타났다 사라진다.

인생이란 각자가 평생을 두고 그린 한 폭의 그림이 아닐까.

엊그제 영화 〈고흐, 영원의 문에서〉를 본 후로 줄곧 그 생각이 머릿속을 떠나지 않는다.

서른일곱의 젊은 나이로 생을 마감한 고흐. 그는 죽기 전 십 년을 매일 눈만 뜨면 그림을 그렸다고 한다. 내 생각엔, 다 떨어진 〈구두 한 켤레〉와 활짝 핀 〈해바라기〉 그리고 반짝반짝 〈별이 빛나는 밤에〉가 그의 인생을 상징하는 그림이 아니었을까 싶다.

화폭에 무엇을 담건 그것은 전적으로 그림을 그리는 화가의 마음에 달려 있다. 마찬가지로 사람이 어떤 인생을 살아갈 것인지 또한 당사자의 마음에 달려 있다고 하겠다. 곤고한 삶을 살면서도 해바라기와 별빛들을 바라보며 희망의 끈을 놓치지 않으려고 애를 썼던 고흐를 상상해 본다.

그러다가 인생의 3분의 2쯤 산 나는 어떤 그림을 그리고 있는 중일까, 생각해 보는 것이다.

어느 사람의 이름을 들으면 마음속에 떠오르는 낱말이 있다. 그분의 높은 신분이나 인품, 성취한 어떤 작품 또는 업적 등이 자연스럽게 연상된다. 그것이 바로 그분의 인생 그림일 듯하다.

나의 그림엔 데생을 하다가 만 흔적밖에는 아직 아무것도 그려져 있지 않다. 무엇을 그리려고 했는지 불분명하다. 여태껏 뜻없이 살아왔다는 게 여간 부끄럽지 않다.

세상에서 인정받지 못한 그림은 버려지고 훌륭한 작품만 남아 후세 사람에게 전해지듯이 우리네 인생살이 또한 그럴 것이다. 이름 석 자를 남기지 못한 사람은 살았는지조차 모르게 사라지고 만다.

하면, 살면서 작품 한 점을 남기지 못하는 것만큼 안타까운 일은 없을 것이다. 늦었지만 이제부터라도 그림을 그려 봐야 하지 않을까 싶다.

어떤 그림을 그려 볼 것인가. 칠십에 가까운 이 나이에 무엇을 할 수 있단 말인가.

좋은 글 한 편을 써 보는 건 어떨까. '글은 마음의 그림'이라고 했으니 내 글을 읽으며 떠오르는 사람들의 생각과 느낌도 한 폭의 그림이요, 글쓴이에 대한 세상의 평가 또한 나의 인생 그림이라고도 할 수 있다.

평가는 먼 훗날의 일. 아직은 나의 글이 데생을 하는 수준이지만 언젠가는 채색도 할 수 있을 것이다. 하루라도 빨리, 그날이 오도록 열심히 노력해야겠다.

'잘 포장된 길은 걷기 편할는지 몰라도 그 위엔 꽃이 자라지 않는다.'[12]고 한다. 생활은 힘들었어도 마음속에 꽃을 피웠던 어린 시절과, 아내를 만나 고락을 나누었던 젊은 시절, 그리고 노년이 되어 옛날을 그리워하는 지금의 심정이야말로 내가 살아온 인생 아닌가.

그런 내용을 거짓 없이 글로 잘 옮겨 보자. 읽으면 내 인생이 그림처럼 떠오를 수 있도록.

좋은 작품 한두 편을 남기고 싶다.

그럴 수 있을지 모르겠다. 요즘은 기억이 점점 희미해진다. 하루하루가 아깝다. 이제부턴 한 편을 쓰더라도 정성을 다해야겠다.

8

봄 같지 않은 봄

몸이 추운 건지 마음이 쓸쓸한 건지….

계절은 봄인데 봄 같지가 않고, 마음은 때 없이 떠나간 사람들
이 그립다. 그들은 어디로 갔을까.

오랜만에 처제가 왔다가 엊그제 돌아갔다. 잠시 머물다 떠나
간 그녀의 빈자리가 눈에 자꾸 들어온다. 바람이 지나간 것처럼
마음이 허전하다.

장인·장모님께서 지구 반대편으로 이민 가신 지 어언 40년.
그때 부모를 따라간 처제는 그곳에서 시집을 갔다. 남의 땅에서
라도 꽃을 피워 보려고 애를 무진 썼을 것이다. 이제는 조금 살
만한지 언니가, 옛 친구가, 고국이 너무 그리워서 바람처럼 날아
왔다고 했다.

아내와 교제할 때 처제는 열대여섯 살, 어린 학생이었다. 그런

데 지금은 육십에 가깝다. 어느새 머리엔 서리가 앉았고 얼굴엔 주름이 잡혀 있었다. 목소리는 아직도 소프라노요 웃는 모습은 여전히 해맑은데, 이상하게도 잘 걷지 못했다.

물어보진 않았지만, 남편과 사별한 후에 줄곧 매장에서 하루 종일 서서 일하느라 그렇게 되었을 것이다. 아무렇지도 않은 듯이 행동하는 처제를 볼 때마다 마음이 저려 왔다. 살날이 아직 많은데 벌써부터 저렇게 걷기가 힘들면 어쩌나, 은근히 걱정되었다.

아내는 처제와 상의해서 이런저런 계획을 미리 세워 두었던 모양이다. 나는 가자는 대로 같이 가 주고, 해 달라는 대로 해 주기만 하면 되었다.

그동안 운전기사 노릇도 하고 말동무도 하며, 보름 동안 이곳 저곳을 함께 다녔다. 동대문시장과 남대문시장에 쇼핑 갈 때만 빼고는 거의 붙어 있었다. 마장호수의 흔들다리에 다녀왔고, 제주도로 날아가서 성산의 일출을 보았으며 유채꽃밭에서 사진도 찍었다. 용두암도 가 보았고, 섭지코지도 가 보았고, 올레길도 실컷 돌아다녔다. 거의 매일 유명한 식당을 찾아다니며 맛있는 음식을 함께 먹었다.

그렇게 긴 시간을 같이 보냈는데도, 막상 처제가 먼 나라로 다시 떠나고 보니 뭔지 모르게 아쉬움이 많이 남는다. 곁에 있을 때 조금 더 잘해 줄걸….

돌아가기 전에 처제는 친구의 소식을 알아보려고 노력했지만 허사였다. 떠난 지 사십 년, 그렇게 오랜 세월이 흘러갔으니 어려울 수밖에.

'회자정리'라는 말이 오늘따라 슬프고 아프게 다가온다.

"형부" 하며 환하게 웃던 처제의 얼굴이 떠오른다. 앞으로 몇 번이나 볼 수 있을지.

비단 처제뿐이던가. 늘 내 곁에 있을 것 같았던 얼굴, 얼굴들…. 다들 떠나고, 나는 늦가을 들판에 서 있는 나무처럼 쓸쓸하다.

'춘래불사춘'이라더니, 봄이 왔어도 봄 같지가 않다.

9
시들어 가는 꽃

요즘은 시들어 가는 꽃에 눈이 자주 간다. 볼 때마다 마음이 저려 온다. 내 처지가 그것에 무심할 수 없기 때문일 것이다.

화무십일홍, 꽃을 피우기 위해 한 해 동안 애쓴 보람이 고작 10일이라니. 그것도 마음 아픈데, 아름다움의 절정은 불과 5분이라고 한다. 그런 운명을 타고난 꽃들이 너무나 가여워 눈물이 날 것 같다.

솔직히 말해, 나는 칠십 년 가까이 살았는데도 내게 다가올 낙화의 순간이 두렵다. 너무 두렵다.

오늘도 따뜻한 봄볕에 몸과 마음을 녹이고 있다. 뜰에는 '눈 가고, 마음 가고, 발길 닿는 곳마다 꽃'[13]들이다. 산수유, 벚꽃, 개나리, 그리고 진달래가 곳곳에 무리 지어 피어 있다. 심지어 때 이른 목련까지도 하얀 얼굴을 내민다. 순서도 없이, 너도나도 피어난다.

내가 좋아하는 진달래 앞에 서 있다. 꽃망울을 터뜨린 것도 있고, 아직 오므리고 있는 것도 있다. 그런가 하면 벌써 고개를 숙인 것도 더러 눈에 띈다. 먼저 나온 꽃이 먼저 떠나는 것은 순리일 듯한데, 나는 왠지 화사한 꽃보다 시들어 가는 꽃에 마음이 더 쓰인다.

고개 숙여 향기를 맡아 본다. 없는 것 같다. 예전엔 벌·나비를 유혹하려는 색향이었다면 지금은 욕심과 욕정을 모두 버리고 오로지 살겠다는 일념의 무색무취다. 나는 쓰다듬고 어루만지며 "힘내라!"고 나직이 말해 본다. 대답하진 못해도 알아듣긴 할 것이다.

그렇다. 이제 이 꽃이나 나에겐 사는 것보다 더 중요한 일은 없다. 어떻게든 생명의 밧줄을 꽉 붙들고 있어야 한다.

내가 슬프다고 말하면 연세 많은 어르신들은 아직 그럴 나이가 아니라고 위로하신다. 내 나이만 돼도 좋겠다는 뜻을 그렇게 에둘러 표현하신 것이리라. 하지만 나는 어깨가 벌써 오므라들고 허리가 자꾸 구부러지려고 한다. 아직은 낙화할 때가 아니지만 시들어 가는 것은 분명하다.

나는 매일 걷기 운동을 하고, 철봉에 매달리는 근육 운동도 한다. 그렇게라도 하지 않으면 어깨와 허리가 결린다. 하루만 운동을 하지 않아도 몸 안에서 마른 잎 밟히는 소리가 들려온다. 허리를 펴고 씩씩하게 걷는 모습을 언제까지 유지할는지 은근히 걱정된다. 더 이상 시들지 않으려고 내 나름 열심히 노력하는 중이다.

살아온 날보다 살아갈 날이 짧아서 그런지 나는 요즘 하루하루, 순간순간이 너무나 아쉽다. 시들어 가는 이 꽃 앞에서 할 얘기는 아니지만, 솔직히 말해 나는 오래 살고 싶다. 내가 낳은 자식들이 잘 사는 모습을 눈으로 확인하고 싶고 손자애가 장가가서 아들딸 낳는 것도 보고 싶다. 그럴 수 있을지 몰라서 마음이 늘 불안, 불안하다.

머잖아 세상을 떠나야 할 이 꽃의 마음은 어떨까. 설마 씨는 뿌렸겠지(?) 하면서도 혹시나 하는 생각을 해 본다. 뿌렸다면 자기 후손들이 꽃 피우는 모습을 보고 싶어 할 텐데….

나는 이 꽃보다 얼마나 행복한가. 열흘이 아니라 백 년까지도 잘하면 살 수 있고, 아들딸만 아니라 손자 손녀까지도 보았으니 무엇을 더 바라랴. 하나님께 감사할 뿐이다.

꽃의 안타까운 심정을 헤아려 보다가, 내 처지를 되돌아보며 오히려 위로를 받는다.

집으로 걸어가며 하나님의 뜻을 헤아려 본다. 꽃도 낙화를 받아들이는데, 나도 순종하면 될 일을 이렇게 두려워해서야….

10

내 나이, 미수

옛날 같으면 나는 노년이다. 요즘엔 '신중년'이라는 생소한 용어를 사용하지만 중간보다 늙음 쪽에 가깝다는 것을 부인하기 어렵다. 내 몸이 정직하게 말해 주고 있다.

아름다움과는 거리가 멀다. 주름이 많고 검버섯이 핀 얼굴에 어깨와 등허리마저 굽어져, 사람이 아닌 원숭이 같다. 일부러 몸을 곧게 펴려고 하면 마른 잎 밟히는 소리가 들린다. 이러다간 큰일 나겠다 싶어 운동을 열심히 해 보지만, 잠깐만 소홀히 해도 금세 그 상태로 되돌아간다.

하루가 다르게 늙어 가는 내 모습은 이제 아무에게도 보이고 싶지 않은 마음의 병이 되고 말았다. 더 이상 추하지 않게 해 달라고 매일 기도하며 산다.

언제부턴가 나와 닮은 모습들을 사랑하게 되었다.

처음엔 누님과 아내가 볼수록 안타까워지더니, 점점 범위가 넓어져 길을 가다가 마주친 나이 지긋한 어르신을 뵈면 그분의 고왔을 옛 모습이 떠오르곤 했다.

요즘엔 사람들만이 아니다. 단풍잎 하나, 고개 숙인 꽃 한 송이조차 가여워서 그냥 지나쳐 가지 못한다. 한창 좋았을 때의 아름다움이 보이며 자꾸만 슬퍼진다. 바라보다가, 기어이 다가가서 한 번 어루만진 후에야 마음이 겨우 풀리곤 하는 것이다.

그럴 때마다 나의 이런 변화가 혹시 병이 아닐까 은근히 걱정된다. 설마(?) 하면서 같은 나무에 달린 열매도 먼저 익고 나중에 익는 것이 있듯이, 다른 사람들보다 내가 조금 빨리 성숙한 것이겠지 하며 애써 자신을 위로하곤 한다.

책을 읽고 있다가 '만으로 65세 되는 해를 미수(美壽)라고 한다.'[14]는 글 한 줄에 마음을 뺏기고 있다. 미수(米壽)만 있는 줄 알았는데…. 잘못 적은 게 아닌가 싶어서 출처를 살펴보니 국립국어연구원이다.

내 늙은 모습과, 내 고적한 생활과, 내 희망 없는 미래를 떠올린다. 아무리 생각해 봐도 아름다움과 거리가 있는 현실 아닌가. 왜 하필 이때가 내 인생에서 가장 아름다울 때라고 말하는지, 그 뜻을 헤아려 보는 중이다.

이 세상이 얼마나 아름다운지를 가장 많이 느끼게 될 나이라는 의미가 아닐까. 그럴지도 모른다. '아름다움은 외양에 있지 않고 마음속의 빛으로 있다.'는 칼릴 지브란의 말을 요즘처럼 실감하며 살았던 적은 없지 않은가.

근자엔 '시들어 가는 꽃'과, '늙은 나비'와 '낙엽'에 마음이 자꾸 간다. 볼 때마다 그것들의 고왔던 옛 모습을 떠올리며 가여워서 슬퍼진다.

같은 병을 앓지 않으면 그 아픔을 이해할 수 없다더니, 내가 그런 모습이 되고 나서야 그 슬픔이 나의 것이란 것을 깨닫는다. 슬프지 않으면 아름답지 않다는 말도 이제야 실감한다. 내가 왜 이럴까 생각했는데, 이제 보니 내 나이가 '미수(美壽)'라서 그랬던 것이다.

하면, 지금이야말로 내 인생에 있어서 아름다운 세상을 실컷 감상할 수 있는 절호의 시기가 아닌가. 가만히 앉아 있을 수 없어, 책을 덮고 밖으로 나간다.

좌우로 비틀거리며 걸어가고 있다. 걸으며 생각한다.

몸은 이렇게 볼품없이 되었어도 마음만은 아름답게 물들어 가고 있다고. 내 나이, 미수다. 미수….

11

사람을 찾습니다

안경을 쓴 하얀 얼굴에 벽돌색 교복을 입었고, 머리엔 꼭지가
달린 둥근 모자를 썼으며, 허리에 벨트를 차고 있었습니다. 머리
카락을 두 갈래로 땋아 어깨까지 내린 단정한 모습이었지요. 삼
선교에서 살았던 것으로 짐작합니다. 단 한 번 만났던 그 여학생
이 요즘은 왠지 모르게, 많이 생각납니다.

존슨 미국 대통령이 우리나라를 방문했을 때였습니다. 당시
저는 중학교 1학년이었는데, 그분을 환영하러 같은 반 친구들과
광화문으로 몰려갔었습니다. 집 주변과 학교 근처만 걸어 다녔
을 뿐 다른 곳엔 전혀 가 본 적이 없었던 제가 그날따라 겁도 없
이 버스를 타고, 시내까지 멀리 나갔었습니다. 설마 친구의 뒤를
놓치랴, 그렇게 쉽게 생각했었지요.

도착해 보니 길가엔 이미 수많은 사람들이 겹겹으로 서 있었습

니다. 다들 태극기를 손에 들고, 목을 위로 또는 앞으로 길게 빼며 대통령이 다가오기만을 기다렸습니다. 같이 갔던 동무들은 사람들 틈을 비집고 들어가 제각기 어디론가 흩어졌습니다. 저도 키 큰 아저씨들 허리춤 사이로 머리를 밀고 들어가 맨 앞줄에 섰습니다. 하늘에선 삐라가 계속 쏟아져 내리고 있었습니다.

카퍼레이드를 한참이나 기다렸는데, 순식간에 제 앞을 지나쳐 가는 바람에 존슨 대통령의 얼굴은 정작 보지도 못했습니다. 길가에 서 있던 사람들의 줄이 갑자기 무너지기 시작했습니다. 이리저리, 갈팡질팡. 사람들의 발길에 채여 도무지 정신을 차릴 수 없었습니다. 제가 어디에서 내려, 어떻게 그곳까지 걸어갔는지조차도 기억하기 어려웠습니다.

친구들은 한 명도 보이지 않고, 어느 버스를 어디에서 타야 하는지 몰라 막막했었습니다. 어느 쪽으로든 가다 보면 버스정류장이 나오겠지 생각하고, 사람들이 몰려가는 데로 휩쓸려 걸어갔었습니다. 기대했던 대로 정류장이 나타났습니다. 버스를 기다리는 어른들에게 일일이 다가가서 여쭈어봤습니다.

"삼선교 가는 버스, 여기에 있어요?"

대꾸하지 않거나, 모르겠다고 하거나, 건너편으로 가 보라는 등 애매한 대답들뿐이었습니다. 네거리 이쪽저쪽을 뛰어 오가며, 버스정류장마다 찾아가서 물어봐도 제대로 된 대답을 듣지 못했습니다. 근처에 파출소라도 있을까 싶어 두리번거렸지만 그것마저도 보이지 않았습니다.

어느덧 날은 어둑해지고, 사람들의 발길도 점점 뜸해지고 있었습니다. 집엔 돌아가야 하는데 찾아갈 자신은 없고, 속이 타들어 가고 있었습니다. 한 자리에만 있을 수 없어 어딘지도 모르는 방향으로 한참을 걸어갔습니다. 버스정류장이 나타났습니다. 주위를 둘러보니, 벽돌색 교복을 입은 누나가 눈에 띄었습니다. 다가가서, 나도 모르게 울먹이며 물었습니다.

"누나! 저…. 삼선교에 가야 하는데, 어떻게 가야 해요?"

"그래? 나도 거기 가는데, 우리 같이 가자."

그 말에 마음이 놓였습니다. 버스를 함께 타고 나란히 섰습니다. 옆에 서 있는 누나를 올려다보았더니 누나도 고개를 돌려 저를 내려다보며 빙그레 웃어 주었습니다. 따뜻한 눈빛이었습니다.

다 왔다고 하기에 버스에서 내렸습니다. 과연 늘 보았던 집 근처의 거리 풍경이었습니다. 뒤따라 내린 누나가 제게 혼자서 집을 찾아갈 수 있겠냐고 물었습니다. 고개를 끄떡이자, 누나는 잘가라며 손을 흔들더니 어둠 속으로 걸어갔습니다. 서서히 멀어져 가는 뒷모습을 저는 멍하니 바라보았어요. 바보처럼, 고맙다는 말도 하지 못하고….

어리석은 사람은 인연을 만나도 몰라본다고 하지요. 제가 꼭그 꼴이었습니다. 그때 그 만남을 우연한 일로 생각했었고, 오랫

동안 그 누나를 잊고 살았습니다.

세월이 흘러, 어느덧 지난날을 더듬는 나이가 되었습니다. 오늘은 그 누나가 불현듯 떠오르더니, 그때 만나지 못했더라면 내 인생이 어떻게 바뀌었을까 궁금해지는 것이었습니다. 그러면서 불행해졌을지도 모른다는 무서운 상상이 들었습니다. 나는 지금 그 만남이 그저 우연이었을까, 혹시 인연은 아니었을까, 의심해보고 있습니다.

말없이 스쳐 지나간 만남은 우연이라고 하겠지만 서로 정을 나누었던 만남은 단 한 번을 만나든, 몇 번을 만나고 헤어지든, 만나서 평생을 함께 지내든 모두가 인연일 것 같습니다. 그런 크고 작은 인연 하나하나가 모여서 한 사람의 인생을 이룬다고 생각하니, 그 누나와의 만남이 인연이었음을 몰라보았던 제 불찰이 너무나 안타까워집니다.

내 인생이 달라졌을 수도 있었던 상황에서 만난 그 소중한 인연을 늦었다고 포기할 수는 없습니다. 지금이라도 만나서 제가 이만큼이나 살고 있는 것은 다 누나 덕분이라고, 그때 하지 못했던 고맙다는 제 마음을 전하고 싶습니다. 설령 누나가 그때의 일을 기억하지 못한다고 하셔도.

'50여 년 전에 삼선교에서 살았던, 안경을 낀 벽돌색 교복의 여고생', 이것만으로 그때 그 고마운 누나를 찾을 수는 없을까요?

12

입이 없는 것들

입이 없는 식물은 생각과 감정을 어떻게 표현할까.

가끔 그런 의문을 가질 때가 있다. 그것도 생명인데, 제 동료와 소통하지 않고 지내지는 않을 것 같아서다. 입으로 내는 소리가 아닌, 자기들끼리만 아는 뭔가 특별한 방법이 있을지도 모른다.

생각을 조금 더 비약하면 사물도 마찬가지 아닌가.

장승이나 바위에게 우리가 소원을 간절히 비는 데는 그럴 만한 이유가 있을 것이다. 들을 수 있다고 믿지 않고서는 도저히 이해할 수 없는 행위이다. 내 생각이 맞는다면 집에 있는 물건들도 그 안에 그것을 만든 장인의 정신이 들어 있어서, 우리가 하는 말을 알아듣고 무언의 반응을 보일지도 모른다.

소리 없이 주고받는 대화. 이 얼마나 높은 경지의 의사소통인

가. 요즘엔 나도 가끔 시도해 보곤 한다. 나무 앞에 서서 하고 싶은 말을 마음속으로 이야기해 보는 것이다. 집에 있는 물건과도 그렇게 교감해 본다. 하다 보면 그것들의 처지를 이해하게 되고, 시간이 갈수록 애틋한 정이 쌓이게 된다.

그래서일까. 날씨 좋은 날, 바깥에 나가면 꽃들이 먼저 나를 알아보고 말을 걸어오는 느낌을 받는다. 귀를 가만히 기울이면 뭔가 내게 속삭이는 듯하다. 내 집 주변엔 장승이 없다. 있다면 마을의 수호신이니까 당연히 내가 하는 말을 알아들을 것이다. 바위는 있지만 말을 걸어도 묵묵히 듣기만 할 뿐 별로 반응하지 않는다. 무게만큼이나 무겁고 점잖아서 내 뜻만 전하고 그냥 돌아온다.

바깥에 나갈 것도 없이 내가 사는 집 안엔 입이 없는 물건들이 많다. 나와 늘 눈 맞춤하며 오래 살아온 것들이다. 어떨 땐 어느 한 곳이 마음에 들지 않아서 한동안 외면도 했었고, 내다 버릴까 하는 모진 마음도 먹었었다. 꾹 참고 곁에 오래 두었더니 이젠 정이 붙어 도저히 떨어질 수 없는 사이가 되고 말았다.

내 책상 위엔 필통 하나가 있다. 과자가 담겨 있었던 예쁜 깡통이다. 먹고 난 후에 버리기 아까워 볼펜을 담아 두고 있다. 언제 그렇게 되었는지 모르지만 한쪽이 움푹 찌그러져 있다. 한동안 눈길을 주지 않다가 요즘엔 가끔 만지기도 한다.

오늘은 모처럼 말을 걸어 본다.

"너도 내가 못마땅하지? 주인이라는 사람이 널 본체만체하는 게 아마 싫었을 거야."

그저 빙긋이 웃는다. 말을 하지 않아도 나는 저것의 속마음을 다 안다. 이럴 때는 무조건 미안하다고 빌어야 한다. 감정은 사람과 다르지 않으니까.

집에 있는 물건들 중엔 크고 묵직한 것이 있는가 하면 작고 가벼운 것도 있다. 컴퓨터나 전축, 텔레비전 같이 한자리에 붙박여 늙어 가는 것들은 언제나 진중하다. 볼펜처럼 가볍게 처신하지 않는다. 내가 물건을 대하는 자세도 그 크기와 무게에 따라 조금씩 다르다. 무거운 것은 무겁게, 가벼운 것은 가볍게 취급하는 경향이 있다. 필통은 그 중간쯤 된다.

'역지사지'라고 했던가. 물건이 나를 대하는 것도 비슷하다. 잠깐만 소홀히 대해도 토라져서 보이지 않는 것들이 있는가 하면, 어느 순간 옛정을 잊지 않고 나타나는 것들도 있다. 다시 만나게 되면 얼마나 기쁜지 모른다. 앞으론 그렇게 대하지 않겠다고 다짐해 보지만 요즘은 건망증이 들어서 그런지 자주 깜빡깜빡한다. 늘 내 곁에 있겠지 하고 방심하게 되는 것이다.

나이 들어 터득한 게 하나 있다면 입이 없는 것들이라고 해서 함부로 깔보면 안 된다는 것이다. 우리가 모르는 그것들 나름의 생각이 있다. 오랫동안 눈길을 주지 않으면 어느새 사라지고 만다. 떠난 후에 무심함과 부주의함을 아무리 자책해 봐도 소용없다. 곁에 있을 때 잘해야지.

　요즈음 나는 매일 매 순간 외롭다.

　바깥에 나가 꽃을 만나 볼 때가 있지만 친해질 만하면 떠나고 없다. 나무는 나이가 많아서 그런지 마음으로 주고받는 말수조차 적고, 바위는 아예 말이 없다. 그래도 내 곁에 늘 있는 것은 컴퓨터와 전축, 텔레비전이다. 이것들과 나는 거의 하루 종일 말하고 듣곤 한다. 입은 비록 없지만 오랜 세월 나와 마음으로 교감하며 살아온 진정한 내 친구다.

　친구를 잃지 않으려면 늘 관심을 보여야 한다. 나는 오늘도 입이 없는 것들에게 수시로 눈인사를 하고 말도 건넨다.

4부

아내에게 보낸
사랑 편지

분홍도 노랑도 보라도, 그리고 하얀
지금의 모습도 내 눈엔 아름답게 보여요
그대는 어여쁜 아네모네, 나는 씩씩한 바람
우리는 변한 게 아무것도 없다오

1
이 오랜 기다림을

깊은 밤입니다. 창밖을 바라보고 있습니다.

하루 중 이맘때가 되면 이상하게도 누군가를 기다리는 마음이
되곤 합니다. 어떤 날은 멀리 떨어져 사는 손자아이가, 어떤 날
은 어릴 적 함께 놀던 친구가, 또 어떤 날은 돌아가신 엄마와 할
머니가 보고 싶어집니다. 간절히 생각하다 보면, 그들이 살며시
제게로 다가와서 아름다운 옛일을 상기시켜 주고 되돌아갑니다.

오늘 밤엔 엄마가 보고 싶습니다. 두 손 모아 기도합니다. '찾
아와 주세요. 엄마!'

드디어 오셨습니다. 5살 때였을 것입니다. 어린 자식 둘을 키
우며 가게 일을 하기가 어려워 엄마는 돌쟁이 제 동생을 외할머
니에게 맡겼더랬지요. 몇날 며칠을 참고 참다가, 보고 싶어 못
견딜 즈음엔 가게 문을 닫자마자 부지런히 할머니 댁에 다녀오시

곤 했었습니다.

늦은 저녁에 삼선교에서 세검정까지 그 먼 거리를 털털거리는 버스를 타고 가셨습니다. 그러곤 인왕산 성곽 바로 밑까지 가파른 산길을 숨차게 뛰어 올라가 동생 얼굴을 잠깐 보고, 통행금지 전까지 집으로 되돌아오는 그 지난한 길을 때 없이 다녀오셨습니다. 그런 날이면 저는 가게 안에서 바깥 동정을 살피며 엄마가 빨리 돌아오기만을 초조하게 기다렸어요.

어쩌다 지나가는 행인이 유리문을 통해 가게 안을 들여다볼 때는 무서워서 심장이 오그라드는 듯했었습니다. 어둠 속에 숨어서 부엉이 눈을 뜨고 바깥을 바라보다가 드디어 기다리던 엄마가 가게 문을 열고 들어서면, 단숨에 뛰쳐나가 품에 안기며 "엄마!" 하고 울었던 기억이 납니다.

그때 처음 기다림이 뭔지 어렴풋이나마 느꼈던 것 같습니다. 혼자라는 외로움, 안 올지도 모른다는 두려움, 간절히 보고 싶은 그리움이 뒤범벅되었지요. 하지만 그 기다림에 내재된 엄마의 슬픔까지는 이해하지 못했습니다. 늦은 밤에 그렇게라도 해서 돌쟁이 아들을 보고 싶어 하던 마음까지는.

그리움을 누르고 누르다가 더 이상 참기 어려울 때 엄마는 저에게 가게를 맡기고 부지런히 어린 아들을 보러 갔다가, 어둠속에서 기다리는 제가 또 걱정되어 다시 급하게 달음박질해 왔다는 것을 한참 후에야 깨달았습니다. 아버지가 없다는 사실을 자각

한 것이 국민학교에 다닐 때였으니까, 그 무렵에 어린 자식 둘을 홀로 키울 수밖에 없는 엄마의 슬픈 현실을 알게 된 것이지요.

그렇게 엄마의 눈물을 몰래 훔쳐보면서도 아무것도 할 수 없는 제가 미웠습니다. 그저 시간이 빨리 가기만을 기다렸습니다. 언젠가는 제 손으로 눈물을 닦아 드려야겠다는 일념으로 살았습니다. 그랬었는데, 정작 커서는 한눈을 팔았지요. 어리석게도.

어릴 때의 결심은 보이지 않았습니다. 학교 친구가, 직장 동료가, 그리고 아내와 아들딸이 제 안에 들어와 엄마의 눈물을 가리고 있었어요. 효도는 나중의 일로 미루어졌습니다. 그때까지만 해도 천년만년 살 것 같았던 엄마였었지요.

엄마는 기다려 주지 않으셨습니다. 아주 멀리 떠나가신 후에야 저의 불찰을 깨달았어요. 따라가고 싶었지만 그럴 용기도 제겐 없었습니다. 제가 할 수 있는 일이라곤 그저 기다리는 것뿐이었습니다. 언제가 될지 모르는 엄마와의 재회를 벌써 십수 년이나 기다려 왔습니다. 얼마나 더 기다려야 할까요. 기다리면 만날 수나 있을까요. 아, 어찌하면 좋습니까. 막막한 이 기다림을….

이제는 기다림이 그리움의 다른 표현이란 것을 압니다. 다시 만날 일말의 가능성을 믿으려는 자기암시일 뿐이라는 것도 잘 압니다. 그래도 저는 믿고 싶습니다. 눈에 보이지 않는다고 다 사라지는 것은 아니라고, 닿을 수 없는 거리에 있을 뿐 엄마는 분명 어딘가에 계실 거라고.

그리워하면 할수록 엄마가 제게 다가오고 있는 것을 느낍니다. 아니, 제가 엄마 곁으로 점점 더 다가가는 것처럼 생각됩니다. 요즈음 저는, 매일 이런 심정으로 살아갑니다.

　　엄마는 하늘
　　나는 땅
　　하루하루 더 가까이
　　엄마 곁으로
　　아직도 멀다
　　엄마는

　애타게 그리워하다 보면 언젠가는, 어디에선가는 엄마를 만나게 되겠지요. 그때는 눈물이 더는 나오지 않으시도록 못다 한 효도를 꼭 하렵니다. 이 오랜 기다림에 보람이 있기만을 마음속으로 빌고 있습니다.
　오늘 밤엔 엄마가 왠지 더 보고 싶네요. 어릴 때의 기억 하나가 저를 울립니다. 엄마의 그때 현실이 너무나 슬프고, 자식 생각하는 마음이 너무나 아름다워서….

2

리안이

리안이는 내 손녀다. 벌써 세 살이 되었다.

'눈이 큰 아이'이길 바랐는데, 생각만큼 크지 않아서 조금은 아쉽다. 하지만 전체적으로 보면 매력 있는 얼굴이다.

요즘엔 제법 여성인 티를 낸다. 예쁜 옷과 신발을 보면 얼굴이 확 밝아진다.

구윤이는 장손이라서 할아버지인 내가 이름 지을 때 관여했지만, 손녀는 아들에게 지어 오라고 했다. 자식의 이름을 짓고 싶어 하는 애비의 마음을 잘 알고 있었기 때문이다.

막상 이름을 받고 보니 리안이라고 할 때 '리'자 발음이 어려웠고, 앞에 '권'자를 붙여 부를 때는 '궐리안'이란 발음이 어색했다. 그래도 아들의 말로는 뜻이 좋다고 하기에 그러라고 했다.

이름을 영어로 쓸 때는 마음에 들었다. 'Ryan' 여자 배우 중에서 내가 제일 좋아하는 맥 라이언과 철자가 같았기 때문이다. 리안이도 라이언처럼 볼 양쪽에 보조개가 있다. 그래서 그런지, 정말 사랑스럽다.

아들 내외가 가끔 찾아와 구윤이와 리안이를 본다.

리안이와 놀고 있노라면 맥 라이언의 얼굴이 저절로 떠오른다. 그녀가 나온 영화 〈시애틀의 잠 못 이루는 밤〉의 마지막 장면이 눈앞에 펼쳐지면서, 〈When I fall in love〉라는 노래가 들려오는 듯하다.

언젠가는 리안이도 사랑하는 사람을 만나 시집갈 것이다. 그애가 이십 대 중반에 결혼한다면 내 나이 아흔쯤 될 텐데, 손녀사위의 얼굴을 볼 수나 있을지 모르겠다. 그때까지는 살아 있어야 할 텐데….

나야 어떻게 되든지, 리안이만은 건강하고 예쁘게 잘 자랐으면 좋겠다. 그러면서도 견강부회라고나 할까, 그 애를 볼 때마다 속으로는 '키가 자라면 설마 눈도 조금은 더 커지겠지.' 기대하곤 한다.

오늘따라 리안이가 보고 싶다. 여자애라서 그런지 구윤이와는 조금 다르다. 얼마나 애교가 많은지 모르겠다. 아들에게 영상통화를 해서 언제 올지 한번 물어봐야겠다. 옆에 리안이가 있으면 얼굴도 볼 겸.

3

낭만에 대하여

방송 채널을 이리저리 돌리다가 어느 음악 프로그램에서 멈췄다. 70년대와 80년대에 인기 있던 가수들을 한 명씩 돌아가며 초대해서 노래를 들려주는 것 같았다.

오늘의 게스트는 마침 내가 좋아하는 '최백호'다. 〈하얀 겨울에 떠나요〉와 〈내 마음 갈 곳을 잃어〉, 그리고 〈낭만에 대하여〉를 연이어 부른다.

그가 부른 노래들 중에서 나는 〈낭만에 대하여〉를 특히나 좋아한다. 나이 드신 분들이 공통적으로 갖는, 말로써는 형용키 어렵고 마음을 뭉클하게 하는, 그런 내밀한 감정을 오늘도 여과 없이 쏟아 낸다.

노래는 끝났는데, 마지막 몇 구절이 내 마음을 붙들고 놓아주지 않고 있다.

"첫사랑 그 소녀는 어디에서 나처럼 늙어 갈까

가 버린 세월이 서글퍼지는 슬픈 뱃고동 소릴 들어 보렴.

청춘의 미련이야 있겠냐만 왠지 한 곳이 비어 있는

내 가슴에 다시 못 올 것에 대하여, 낭만에 대하여…"

아내 말고는 연애 한 번 변변히 해 보지 못했던 내게도 낭만은 있었던 것 같다.

어려서는 늘 외톨이였고, 성인이 된 후엔 어쩌다 마주친 여성이 있었어도 내 가정 형편이 교제를 허락하지 않았다. 그럼에도 첫사랑이라고까지 말할 순 없지만 이 나이가 되도록 잊지 못하는 어린 소녀가 한 명 있다. 국민학교 5학년 때 만난 얼굴이 동그란 애가 가끔 떠오른다. 그러면서 그 애는 지금 어디에서 나처럼 늙어 갈까 궁금해지곤 한다.

달빛이 우련히 비치는 창가에 서서 밤하늘을 바라보고 있을 때 지나간 세월에 대한 아쉬움이 내 감성을 흔들어 깨우면 그 애 모습이 저절로 떠오른다. 그러면서 〈낭만에 대하여〉를 나도 모르게 부르게 된다. '청춘의 미련이야 있겠냐'는 반어적 표현에서 감정이 고조되다가, '내 가슴에 다시 못 올 것에 대하여, 낭만에 대하여'란 마지막 소절에서 나는 절정에 다다른다. 한동안 슬퍼하다가 그만 울컥하고 만다.

낭만이란 원래 실현성이 적은 일을 정서적으로 이해하는 데서 비롯된다고 한다. 아마도 황순원의 「소나기」에 나오는 소년이 또래의 소녀에게 가졌던 그런 정도의 야릇한 느낌일 것이다.

최백호는 첫사랑이라고 노래했지만 내가 경험한 낭만은 사랑까지는 아닐 것 같다. 뭐랄까. 은은한 달빛 같다고나 할까 아니면, 가슴 밑바닥을 훑어 내리는 뱃고동 소리 같다고나 할까. 심금을 울리는 저음의 색소폰 소리 같다고나 할까. 감미로우면서도 어딘지 모르게 슬픈 기운이 감도는, 그런 아련한 감정이다.

어린 시절을 생각하다 보면 얼굴이 동그란 그 애가 내 마음 어느 모서리에 숨어 있다가 툭 튀어나오곤 한다. 그러면서 다시는 못 올 그 시절이 그리워진다. 엄마와 둘이 도란도란 얘기하며 지내던 그 시절의 내 모습을 그리워하게 되는 것이다.

어느덧 세월이 흘러….

가을 들판에 쓸쓸히 서 있는 은빛 갈대에서 내 모습을 본다. 담담해지려고 애쓰지만 어쩔 도리 없이 서글퍼지고 만다.

그럴 때마다 그 소녀와의 옛날 일을 떠올린다. '왠지 한 곳이 비어 있는, 내 가슴에 다시 못 올 것에 대하여'를 부르게 되는 것이다. 나는 지금도 〈낭만에 대하여〉의 마지막 구절을 몇 번이나 반복하여 부르며 남몰래 서글픈 마음을 다독이고 있다.

아무래도 안 되겠다. 내일은 시내로 나가서 최백호의 노래를 한 장 사야겠다.

4
꿈

엄마가 "잘 있었냐?" 하며 현관문을 열고 들어오셨다. 나는 거실 소파에 앉아 있다가 벌떡 일어나서, 반가운 목소리로 "네, 엄마." 하며 마중 나갔다.

소파에 나란히 앉아 그간에 있었던 일들을 말씀드리고 있었다. 엊그제 결혼 40주년을 맞이했다고, 올해 설악산 단풍은 예년만 못하다고. 문득 17년 전에 엄마가 돌아가신 생각이 났다. 아무런 내색도 하지 않았는데, 엄마는 언제 알아채셨는지 나를 보며 빙긋 웃으시고는 바람처럼 떠나가셨다.

"엄마…" 하고 부르며 뒤쫓아 가다가 깨어났다. 꿈이었다.

영혼이 어딘들 가지 못하고 오지 못하랴. 공기보다 가벼워서 눈 깜짝할 사이에 지구를 몇 바퀴라도 돌 텐데.

더구나 엄마는 눈이 밝으셔서 내가 어디에 있든지 쉽게 알아낼 것이다. 귀도 밝으셔서 내가 한마디만 말해도 '저기에 내 아들이 있구나.' 하며 한 걸음에 날아올 것이다. 그러기에 이사를 자주 다녀도, 차례나 제사를 지낼 때 와 주십사 청하면 금방 찾아오셔서 절을 받곤 하시는 것 아닌가.

영혼에겐 고주파를 송출하는 기능이 있어서 그리워하기만 하면 저절로 작동되고, 그것을 감지하는 능력도 있어서 부르기만 하면 기다렸다는 듯이 찾아오는 것인지도 모른다. 낮엔 통신을 방해하는 것들이 워낙 많아서 전달받기 쉽지 않으니까, 밤에만 그 전파를 알아듣고 다녀가는 것일 게다.

하늘 저 멀리 높은 곳에 하나님의 나라 '천국'이 있어서 돌아가신 분의 착한 영혼들은 그곳에서 마음 편히 계신다고 믿고 있다. 엄마도 그 나라에서 지내실 것이다. 살아 계실 때 자나 깨나 내 걱정만 하셨듯이 엄마는 그곳에서도 내 안부가 궁금하셔서, 보고 싶다는 주파를 보내기만 하면 그날 밤에 당장 내려와 나를 만나 주고 가신다.

만날 날이 하루하루 가까워져서 그런지 요즘엔 엄마가 무척이나 그립다. 하지만 아무리 그리워해도 아직은 꿈에서밖에 볼 수 없지 않은가. 나는 엄마처럼 착하게 살지 않아서 천국으로 간다는 보장이 없는데, 이렇게라도 한번 만나 볼 수 있다는 것이 얼마나 다행스러운지 모르겠다.

꿈이란 무엇일까. 영혼들의 '만남의 장소'가 아닐까.

꿈이 저절로 꾸어지기를 바라는 것은 감나무 밑에서 감이 떨어지기만을 기다리는 것만큼이나 어리석은 일이다. 지성이면 감천이라고 노력하다 보니, 어느 날부터 신기하게도 마음만 먹으면 꾸게 되었다. 주로 엄마를 꿈꾸지만 이따금 다른 사람을 꿀 때도 있다.

어젯밤에도 나는 엄마와 만나고 싶어 자기 전에 빌고 또 빌었다. 이런 상황이 전개되기를 간절히 바랐다. 엄마가 문을 열고 들어오시면 얼른 마중 나가서 "보고 싶었어요." 하며 품에 안긴다. 그러면 엄마는 두 팔로 나를 감싸 안으며 "나도 그랬어." 하시기를.

엄마와 나란히 소파에 앉아 얼굴을 마주 보며 아들딸 얘기를 하다가 가끔 집사람 흉도 좀 보고, 그러려고 했었다. 예상치 않게 엄마가 돌아가셨다는 사실이 생각나서 하고 싶은 말을 다하지는 못했지만 보고 싶은 마음의 갈증이 조금은 해갈되었다.

가끔 꿈은 그렇게 엉뚱한 엔딩이 되기도 한다.

꿈속에는 내가 보고 싶은 사람만 있고, 다른 사람은 아무도 없다. 나는 늘 어리고 계절은 항상 봄이다. 눈물은 없고 웃음만 있다. 그렇게라도 그리운 사람을 만나서, 하고 싶은 말을 다 하고 나면 거짓말처럼 행복해진다.

만날 때가 다가와서 그런지, 요즘 나는 밤마다 엄마 꿈을 꾼다.

오늘 밤에도 엄마를 만나야겠다. 만나서, 어젯밤에 못다 한 얘기를 마저 나누어야겠다.

5
아내에게 보낸
사랑 편지

여보, 벌써 결혼 40주년이라오.

우리가 처음 만났을 때 당신은 스무 살이었어요. 얼마나 곱고 예쁘던지 심장이 멎는 줄 알았었소. 방금 피어난 아네모네 같았다오. 설마 했는데, 하늘이 도왔는지 3년 교제 끝에 우리는 부부가 되었지요. 나는 40년 내내 행복했었소.

꿈인가 보오. 깨어나고 싶지 않아요.

언젠가 내가 그대에게 보낸 편지[15]에서 당신을 처음 본 순간 '장미와 모란과 백합을 다 합친 것보다 훨씬 더 아름다웠다'고 표현한 적이 있었소. 왜 그렇게 표현했었는지 그때는 나도 잘 몰랐다오. 하지만 이제는 알 것 같소. 그 이유를 설명해 보리다.

남들은 장미가 아름답다고 말하지만 나는 아니라오. 색과 향이 너무 짙어서 질리고, 가시가 너무 많아서 싫다오. 당신은 화려함이라면 모를까, 요염함과는 거리가 멀지요. 하여, 장미에 모란과 백합을 합쳐 다시 비교해 보았어요. 비슷하긴 한데 여전히 흡족하지 않았기 때문에 '훨씬 더 아름다웠다'고 표현한 것 같아요.

그런데 여보, 오늘에서야 당신에게 잘 어울리는 꽃을 찾았지 뭡니까. 아네모네입니다. 색감도 향기도 모두 연연(娟娟)한 것이 딱 그대이더이다. 아네모네도 종류가 여러 가지라는데, 그중에 '갈릴리 로즈'가 그대에게 잘 어울리는 것 같습니다. 그래요. 당신의 처녀 시절 모습은 그 꽃만큼이나 곱고 아름다웠다오.

지금도 눈 감으면 우리가 운명처럼 만났던 옛날 일들이 삼삼하게 떠오른답니다.

그때 나는 그대 곁을 맴돌기만 하던 바람이었지요. 나같이 가난하고 못생긴 사람이 어찌 감히 당신을 넘볼 수 있었겠소. 다행히 그대가 먼저 청혼해 준 덕분에 우리가 40년이나 운우의 정을 나누어 왔으니, 아마도 내가 이 세상에서 제일 행복한 사람일 것이오. 고맙소.

세월이 많이 흘러갔어도 빛깔만 조금 바뀌었을 뿐 당신은 예전과 다름없이 아름다워요. 직장 다니며 아들딸 낳고 시집살이하느라 몸과 마음이 고단했는지 분홍빛이 차츰 노랗게 변하더니, 중년이 되자 보랏빛으로 물들어 갔고 노년에 접어들면서 다시 하얗게 바뀌고 있을 뿐이요.

분홍도 노랑도 보라도, 그리고 하얀 지금의 모습도 내 눈엔 아름답게 보여요. 그대는 어여쁜 아네모네, 나는 씩씩한 바람. 우리는 변한 게 아무것도 없다오. 하지만 여보, 앞으론 우리의 모습이 달라질 것이오. 조금씩 시들어 가겠지요.

그래도 걱정하지 말아요. 나는 떠돌이 바람이 아니니까. 아네모네만을 뜨겁게 사랑했다는 바로 그 전설의 바람이라오.

하늘에 맹세하오. 나는 언제까지나 그대 곁을 지키겠다고. 죽어서라도….

여보, 사랑하오.

6

쓸쓸한 생각

고희(古稀)를 바라보는 내 나이.

하루를 보내기가 이렇게 지루한데, 어떻게 그 긴 세월이 흘러 갔을까.

경로우대증을 처음 손에 쥘 때만 해도 죽음을 생각하진 않았 다. 그저 늙어 가는 것을 서운하게 생각했을 뿐. 하지만 지금은 멀지 않았음을 자꾸 의식하게 된다.

요즘 들어 어머님 계신 곳을 자주 찾는다.

어머님은 칠십 중반부터 청아공원에 누워 계신다. 주변에 많 은 분들이 있어서 크게 외롭지는 않으실 것이다. 그렇다고 찾아 가 뵙지 않는다면, 자주 찾아오는 옆의 분들을 바라보며 부러워 하실 게 번연하다.

아내와 나는 바늘과 실. 내가 원하기만 하면 그녀는 아무 때나

기꺼이 시어머님을 찾아뵙는다. 그럴 때마다 마음 한편으론 먼 이국땅에 묻히신 장인·장모님을 그리워할 것이다. 고맙고 미안하다.

아이들은 바쁘다는 핑계로 할머니 찾아뵙기를 차일피일 미룬다. 아직 철이 없다. 우리마저 죽으면 어머님은 찾아오는 이 없어 쓸쓸하실 것이다. 그 정도로 끝날 일이 아니다. 누가 내 어머님을 돌볼 것인가. 청아공원에 관리하는 비용을 제때에 납부하지 않으면 무연고자로 퇴출될 위험마저 있다. 그 뒤는 상상하기조차 싫다.

고민하다가 마음을 굳혔다. 물 맑고 공기 좋은, 깊은 산속으로 자리를 옮겨 드리고 나도 그 곁에 묻혀야겠다고.

어디로 모셔 갈까.

'수구초심'이라 하지 않던가. 태어나서 자란 고향만큼 좋은 데가 없을 것이다.

어렸을 때 들었던 어머님의 고향 '충청북도 중원군 노은면 문성리 아래 닥밭골'로 무작정 내려갔다. 동네 사람들에게 일일이 어머님의 성함을 말씀드리자 기억하신다는 노인 한 분이 다행히 있었다.

그분의 안내로 드디어 찾은 생가. 동네 입구엔 400년이 넘는 느티나무 몇 그루가 말없이 서 있었다. 어머님의 처녀 시절 모습을 상상해 보았다. 빨래했다던 냇가와 그네를 탔다던 언덕을 둘러보았다. 이 근처를 내려다보는 곳으로 모셔 가면 얼마나 흐뭇해하실까. 생각만 해도 기분이 좋아졌다. 하늘을 바라보았다. 어머님이 내려다보며 활짝 웃으시는 듯했다.

아버님도 함께 모시면 좋으련만 너무 일찍 돌아가셔서 한강물에 띄워 보내 드렸다니 어쩔 도리가 없다. 하면 나는 어떻게 할까.

어머님 옆에 묻히고 싶다. 아내도 내 옆에 누워 있으면 참 좋겠다.

우리가 함께 산 지 어언 40년. 이미 일심동체가 아니던가. 내 곁에 있어 달라고 부탁하면 들어줄 것이다. 그래도 미안하다. 친정 부모님과 멀리 떨어져 있어야 하니까.

사람의 앞날은 아무도 모른다. 더구나 우리는 노년이 아닌가. 하나둘 정리할 것은 미리 해 두자. 내 의사를 아내와 자식들에게 분명히 밝혀야겠다. 그래야 후회가 없을 것이다.

그렇게 결정을 하고 나니 마음이 조금은 편해진다. 그런데 왜 아직도 마음 한구석이 허전한 걸까.

머잖아 내가 이 세상에서 사라진다는 사실 때문일 것이다. 죽음을, 그것도 자신의 죽음을 생각하는 건 참 쓸쓸한 일이다.

7

춤추는 나무

저는 나무처럼, 한곳에 붙박여 산 지 오래되었어요. 바람만 불어올 뿐 저를 찾는 이 아무도 없습니다.

제가 사는 곳은 바람 부는 언덕. 여기에서 멀지 않은 곳에 엄마가 누워 계십니다. 보고플 때마다 찾아가곤 하지요. 그 일 말고는 달리 할 일이 없습니다. 하루 종일 집 근처에서 지낸답니다. 벌써 십여 년, 나무처럼 하늘만 바라보며 시간을 보내고 있어요.

가끔씩 불어오는 바람이 있어서 그런대로 살 만합니다. 그마저도 없다면 시간 가는 줄 모르고 멍하니 있었을 텐데. 외로워, 외로워서 살기가 쉽지 않았을 텐데. 바람이 매일 불어와 저를 간질이기도 하고 정신 좀 차리라고 야단치기도 하니까, 그럭저럭 살아가고 있는 것입니다.

몇 해 전부터 바람이 하는 말을 알아듣고 있습니다. 다른 곳에서 들은 말을 전해 주기도 하고, 남쪽엔 벌써 꽃이 피었다는 봄소식도 알려 줍니다. 어느 날 하늘나라에 계신 엄마가 저를 그리워하며 말씀하신 내용을 우연히 전해 들었지요. 그때 처음으로 제 마음을 답장처럼 바람에 실려 보낸 후부터 엄마와 수시로 연락하며 지낸답니다.

이제는 바람이 저의 유일한 친구입니다. 거의 매일, 오래 만나다 보니 하루라도 만나지 않으면 궁금해서 견딜 수 없습니다. 오늘도 저를 찾아와 엄마의 말씀을 전해 줍니다. 하늘나라에 다녀왔던 모양입니다.

"아들아, 네 소식은 바람을 통해 듣고 있단다. 내가 아무리 보고 싶어도 이곳에 일찍 오려고 하지 말거라. 너도 나중에 네 자식들이 보고 싶을 게 아니냐. 오래오래 그곳에서 행복하게 살다가 오려무나."

엄마는 자나 깨나 제 걱정뿐입니다. 저에게 후회하지 말라고 말씀하시는 겁니다. 보고 싶어도 참고 계시는 것이지요. 그럴수록 엄마가 더 보고 싶어집니다. 미안하지만 바람에게 다시 부탁해 봅니다. 말 좀 전해 달라고, 이렇게.

"엄마, 알았어요. 하지만 하늘나라에 올라가는 것은 제 맘대로 결정할 수 있는 일이 아니에요. 하나님이 일찍 오라고 하시면 일찍 가는 것이고, 늦게 오라고 하시면 늦게 올라가는 거죠. 일부러 일찍 가지는 않을 테니, 걱정하지 마세요."

바람을 만나고 돌아와 창가에 서 있습니다. 먼 하늘을 바라보며 엄마를 생각하다가 눈을 아래로 내려 숲을 바라봅니다.

나무들이 춤을 춥니다. 바람이 다시 찾아온 모양입니다. 무슨 일인지 궁금합니다. 내려가 봐야겠습니다.

나무들 틈에 서서 춤을 추다가 바람을 붙잡고 물어봅니다.

"엄마 소식, 또 있어?"

아까 전해 준 것 말고는 없답니다. 곧바로 돌아서기가 미안해서 잠시 더 있어 봅니다. 춤을 계속 추고 있는 저에게 바람이 물어봅니다.

"넌 집에 안 들어가고 뭐해?"

"으응. 너 먼저 가. 가면 나도 갈게."

말하고 나서 곰곰이 생각해 보니, 바람 앞에서 춤을 춘다는 것은 그만큼 좋아한다는 뜻이 아닐까 싶은 거예요. 어쩌면 좋아하는 정도가 아니라 사랑하는 건지도 모릅니다.

'살아간다는 것은 외로움을 견디는 일'[16]이라는데, 저는 그게 영 쉽지가 않습니다. 바람마저 찾아오지 않는다면 외로워서 못 살 것 같아요. 그래요. 이게 사랑이 아니면 뭐겠어요.

166

나무와 저는 같은 처지. 바람이 불어오기만을 하루 종일 기다린답니다. 찾아오면 반가워서 춤을 추곤 하지요.

8

나의 가을

지금 내 인생은 가을.

일 년 열두 달을 사등분하여 봄·여름·가을·겨울로 구분하듯이, 인생 백 년을 사등분하면 내 나이는 가을이지요. 이렇게 십여 년을 더 보내고 나면 겨울이 다가올 것입니다. 벌써부터 불안하고 초조하고 두렵습니다.

날이 갈수록 추워질 테지요. 아직은 내 마음속에 단풍잎 몇 개가 남아 있지만 언제 떨어질지 걱정스럽습니다. 나를 낳아 준 엄마가 그립고 내 옆에 있었던 친구들이 보고 싶어요. 몇 개 남지 않은 소중한 이 기억들을 이 세상 다하는 날까지 놓치지 않고 잘 간직하렵니다.

가을은 조락의 계절.

낙엽이 한 잎 두 잎 쌓일수록 그리움은 더해만 가고, 바람이 하루가 다르게 차가워질수록 내 마음은 더 쓸쓸해집니다. 하늘에 떠 있는 구름을 바라보다가, 강물 위로 흐르는 나뭇잎을 지켜보다가, 어둠이 내리면 달빛에 젖어 집에 돌아오곤 한답니다.

밤엔 창가에 우두커니 서서 귀뚜라미 우는 소리에 눈물짓기도 하지요. 잎사귀를 풍성하게 달고 있었던 지난여름이 때 없이 그리워집니다. 보고 싶은 사람의 이름 몇 개를 불러 보다가 그만두고 맙니다. 모두가 부질없는 일이란 것을 뒤늦게 깨닫습니다.

사람 인(人)자를 생각합니다. 둘이 서로 받쳐 주는 모양입니다. 홀로는 살 수 없다는 뜻이 아닐까 싶어요. 누군가에게 마음을 의지해야만 살아갈 수 있다는 것을 그땐 왜 몰랐을까, 후회하고 있습니다.

겨울은 우울한 계절.

인생도 겨울엔 벌거벗은 나무처럼 묵묵히 인내하며 살아야 하는 시절입니다. 생각만 해도 아찔한 그 시기가 멀지 않습니다. 하여, 이 가을이 저에겐 너무나 소중합니다.

남은 가을이 하루하루 줄어듦을 벌써부터 걱정하고 있어요. 내게 매달린 잎들이 몇 개나 될까, 세어 보고 또 세어 봅니다. 한숨이 절로 나옵니다.

바람이 쌀쌀하다 벌써 가을이구나

엄마도 보고 싶고 친구도 보고 싶다
다들 어디로 갔을까 괜히 쓸쓸해지네

걱정할까 봐 아내에게 말은 안 했지만, 요즘 나는 몸의 이곳저곳이 자주 아프고 뭔가를 자꾸 잊어 먹습니다. 내 안의 단풍잎들이 점점 말라 가고 있어요. 인생의 덧없음을 새삼 느끼며 나도 모르게 눈물이 흘러내립니다.

아, 나의 가을은 깊어 가고 있습니다. 하루하루가 안타깝습니다.

9

그리운 산수유

추위가 채 가시지 않은, 이른 봄날입니다.

집에만 계속 있을 수 없어 뒤뜰로 나왔습니다. 햇볕이 잘 드는 빈 의자에 잠시 앉아 있습니다. 코끝은 아직 시린데 몸은 조금씩 녹아 갑니다. 엉덩이 밑은 계속 차갑고 축축합니다. 들고 나온 책 한 권이 이럴 땐 아주 유용합니다. 읽기도 하고, 그 위에 앉기도 하고.

눈앞에 산수유 몇 그루가 사이좋게 서 있습니다. 맨 앞에 있는 키 작은 산수유는 몸통이 어른 팔뚝 정도로 가냘픕니다. 나이가 어려 보이는데도 외틀어진 자세에 피부마저 거칠거칠합니다.

사는 게 얼마나 힘들었으면 저렇게 되었을까요. 가난했던 어린 시절에 어깨 한번 변변히 펴 보지 못했던 제 모습을 보는 것 같아서 마음이 안쓰러워집니다.

고개를 돌리려던 참입니다. 작은 새 한 마리가 덤불 속에서 나와 위로 날아오르더니 키 작은 산수유 가지 위에 앉습니다. 앉는가 싶더니, 다시 하늘 높이 날아갑니다. 여린 가지가 크게 휘청댑니다. 눈을 돌려 날아간 새를 찾아보지만 어느새 사라져 보이지 않습니다.

다시 그 어린 산수유를 바라봅니다. 아직까지도 몸을 가늘게 떨고 있습니다. 새가 남기고 간 파동이 예사롭지 않습니다. 아마도 새가 날아와 앉은 것이 저 산수유에겐 첫 경험일지도 모릅니다. 그렇기에 저토록 오래 떨고 있는 것이겠지요.

뒤에 서 있는 늙은 산수유는 어린 산수유와 작은 새가 만났다 헤어진 과정을 말없이 지켜보고 있습니다.

옛날 교정에서 보았던 산수유가 생각납니다. 가지마다 노란 꽃들을 달고 서 있었지요. 그때 저는 중학교 일학년. 입학한 지 한 달도 채 안 된 봄날이었습니다. 저와 동갑내기인 소녀가 학교로 찾아왔어요.

소녀와 저는 국민학교 때 일 년 정도 함께 과외 공부를 했었지만 말 한 번 제대로 나누지 않았던 어색한 사이였습니다. 그런데 느닷없이 그 애가 저를 찾아와서 한다는 말이 "앞으로는 보지 못할 것 같으니, 열심히 공부해서 나중에 훌륭한 사람이 되라."는 것이었습니다.

다른 말도 들었던 것 같긴 한데 아무것도 기억나지 않습니다. 그 소녀가 그렇게 용감했었던 것에 비하면 저는 부끄러움이 너무나 많았었습니다. 바보처럼 아무 말도 하지 못하고, 그저 듣고만 서 있었어요. 그 애는 자기가 하고 싶은 말을 다하고는 저 어린 산수유의 가지 위에 앉았다가 날아간 작은 새처럼 훌쩍 떠나갔습니다. 그리고 저는 멀어져 가는 뒷모습만 멍하니 바라보았지요.

오십 년도 훨씬 지난 옛날 일입니다. 저에게 따뜻한 말을 해주고 떠나간 그 애와의 그때 만남이 아직까지도 어제 일인 듯 생각이 납니다. 저 어린 산수유가 지금도 떨고 있듯이, 제 마음의 파동 또한 계속 이어지고 있습니다.

그때 교정에서 아무 말 못 하고 서 있었던 그 어린 학생은 어느새 어른이 되었고, 이제는 저 뒤에 서 있는 늙은 산수유처럼 노인이 되어 있습니다. 그 소녀는 작은 새처럼 날아가더니 여태껏 돌아올 줄 모릅니다. 지금은 어디에서 어떻게 살고 있는지….

그러고 보니 말없이 서 있는 저 늙은 산수유도 저처럼, 작은 새가 날아와 앉았다가 떠나간 옛날 기억을 떠올리고 있는지도 모릅니다.

자리에서 일어나 어린 산수유 앞에 잠시 서 있어 봅니다. 머잖아 이 나무에도 노란 꽃들이 하나둘 피어나겠지요. 피어난다고 해도 이 봄은 저의 봄이 아닙니다. 저는 그때 그 봄이, 저의 봄이 그립습니다.

  그 시절의 그 산수유와 그 소녀, 그리고 어렸던 제 모습이 한 없이 그리워집니다.

10

아임 파서블

영화를 보러 나왔습니다. 보고 싶었던 〈미션 임파서블〉입니다. 불가능해 보이는 일을 용감하게 처리하는 주인공의 활약을 보고 있노라면 저절로 신이 납니다. 몸은 늙었지만 마음은 아직 젊다는 것을 이런 기회를 통해 깨닫곤 합니다.

지금은 영화관 안에 느긋하게 앉아 있습니다. 불 꺼진 후에 들어와 더듬더듬 찾는 게 싫어서 일찍 들어왔지요. 액션 영화를 좋아하지 않는데도 제 곁에 앉아 있는 집사람이 고맙게 느껴집니다. 가끔 이렇게 좋은 날도 있어서 그런대로 지낼 만합니다.

요즈음 영화관은 비좁지 않고 공간이 얼마나 넓은지, 오래 앉아 있어도 불편한 줄 모르겠습니다. 바깥보다 안이 오히려 시원합니다. 옛날엔 땀 흘리며 비릿한 냄새를 참느라 꽤나 힘들었는데, 세상 참 많이 좋아졌습니다.

영화 제목을 생각하다 보니 아는 사람의 휴대폰에 적힌 글자가 문득 떠오릅니다. 임파서블(Impossible)의 아이(I)와 엠(m) 사이에 콤마 하나를 찍었어요. 아임 파서블을 띄어쓰기 없이, 붙여 쓴 것입니다. 'I'mpossible' 이상해 보이긴 해도 뜯어보면 불가능한 것을 정반대의 뜻으로 바꾼 재치가 돋보여, 지금까지도 기억하고 있습니다.

'님이라는 글자에 점 하나를 찍으면 도로 남이 된다.'는 노래 구절이 생각납니다. 점이나 콤마 하나로도 의미를 간단하게 바꿀 수 있는 것이 의외로 많다는 사실을 새삼 깨닫습니다. 하지만 사람의 생각이나 마음은 그렇게 쉽사리 바뀌지 않는 것 같습니다. 제 경우엔 '나는 못해!' 한번 결정 내리고 나면 다시는 시도해 볼 엄두조차 내지 못하거든요.

그 대표적인 예가 '철봉 매달리기'입니다. 제가 가장 싫어하는 운동이지요. 턱걸이는 뛰어오르면서 매달리는 그 순간에 딱 한 번 하는 것으로 언제나 끝나고 맙니다. 남들 앞에 서서 말하는 것도 그리 좋아하지 않고, 수영은 아예 할 줄 모르며, 더더구나 노래와 춤은 저와 거리가 멉니다.

학교 공부도 마찬가지였습니다. 늘 어중간한 성적을 유지했었지요. 중학교 2학년 1학기 중간고사 때, 우연히 반에서 10등을 했습니다. 고작 그 정도의 성적을 엄마가 동네 아줌마들에게 자랑하는 모습을 엿보았습니다. 그 무렵에 엄마의 눈물을 자주 보아 왔던 터라, 제 힘으로 엄마를 기쁘게 해 드릴 방법은 공부밖에 없다는 것을 깨달았어요. 그 후로 공부만은 제법 잘했습니다. 그것 말고는 제대로 할 줄 아는 게 거의 없었습니다. 해 보지도 않고 늘 '임파서블'이었어요.

사회적으로 퇴물이 되고 난 지금엔 '미션 임파서블'을 가끔 시도해 보곤 합니다. 헬스장에 가서 철봉에 매달려 보기도 하고, 아무도 없을 때 노래를 불러 보기도 하고, 얼굴을 드러내지 않으며 글 같지도 않은 수필을 써 보기도 하는 것입니다. 어쩌다가 남들이 임파서블을 파서블로 바꾼 것을 보거나 얘기를 들으면 제가 한 것처럼 신이 납니다. 일종의 대리만족을 즐기고 있는 셈이지요.

영화가 시작되고, 숨 돌릴 틈도 없이 액션이 전개됩니다. 너무 아슬아슬해서 손에 땀이 날 지경입니다. "아!" 소리가 절로 납니다. 그러기를 수십 번. 어느새 영화는 끝났습니다. 톰 크루즈가 이번에도 불가능해 보이는 임무를 성공적으로 수행해 냈습니다.

재미있었습니다. 〈미션 임파서블〉, 역시 명불허전입니다. 십 년은 젊어진 듯합니다. 힘이 불끈 솟습니다. 어떤 어려운 일이 닥치더라도 헤쳐 나갈 수 있을 것 같습니다.

아내와 걸어가며 앞으로 제게 일어날 것들을 상상해 봅니다. 감당하기 어려운 일들이 점점 늘어나겠지요. 그렇더라도

'Impossible'을 'I'mpossible'로, 다시 'I'm possible'로 콤마 하나만큼 더 열심히 노력하고 빈 칸 하나만큼 욕심을 비우며 살아가렵니다.

한 번뿐인 인생인데 톰 크루즈만큼은 못 되더라도, 나중에 하나님이 "너는 노력도 안 해 보고, 그동안 뭐했냐?"고 물으시면 너무나 창피할 것 같아서 그래요.

11

사람 구경

카페에 앉아 사람 구경을 하고 있다. 벌써 두 시간째. 아침이라 그런지, 사람이 덜 붐벼서 좋다.

컴퓨터 화면을 들여다보고 있는 진지한 표정, 친구와 수다를 떠는 쾌활한 모습, 어린애의 손을 잡고 오고가는 어수선한 동작 등을 하나하나 세심히 지켜본다. 그러다가 나도 모르게 이런저런 생각에 잠긴다. 아무런 결론도 없이 그저 사색의 꼬리만을 오래 붙들고 있다.

얼마나 시간이 흘렀을까. 식은 찻잔에 입술을 대며 카페 안을 다시 휘휘 둘러본다. 저쪽 멀리, 구석에 나처럼 홀로 앉아 있는 사람이 눈에 띈다. 유심히 살펴보니 출입문을 뚫어져라 보고 있다. 안절부절못하는 눈치다. 그의 시선이 나와 마주친다. 내게 이렇게 묻는 듯하다.

'당신도 누굴 기다리나 보죠?'

나는 속으로 대답한다.

'아뇨. 난 혼자예요.'

그는 다시 문을 향해 고개를 돌린다. 나는 그런 그를 계속 바라보고 있다. 누군가를 기다리는 그가 갑자기 부러워진다.

나는 요즘 만날 사람이 거의 없다. 친구들은 모두 은퇴해서 고향으로 뿔뿔이 흩어졌다. 심심하다. 그렇다고 해서 일이 바쁜 직장 후배를 때 없이 불러내어 시간을 뺏는 일은 어쩐지 미안하다. 하여, 아무도 내 곁에 없을 때는 지금처럼 카페에 앉아 지나가는 사람이라도 바라보게 되는 것이다.

파고다공원에 나이 많은 아저씨들이 모여드는 까닭을 이제야 알 것 같다. 나처럼 사람 구경을 하기 위해서라는 것을. 아무리 그렇기로서니, 젊지도 늙지도 않은 나 같은 중늙은이가 그분들 틈에 끼어 공원에 죽치고 앉아 있기는 민망하다. 마땅히 갈 데가 없는 나는 누구와 만날 약속이라도 있는 것처럼 카페에 앉아 시간을 보내는 게 그나마 덜 남세스럽다.

카페도 카페 나름. 사람 구경을 제대로 하기 위해서는 붐비는 시내보다 한적한 동네가 더 낫다. 그래야 자리를 비워 달라는 눈총을 덜 받고 느긋하게 구경할 수 있다. 평소엔 오후에 나오는데, 오늘은 아침부터 나오고 싶어졌다. 홀로 카페에 앉아, 내게 너무나도 익숙한 고독을 사람 구경하며 달래고 있는 중이다. 이런 나에게 때마침 저분이 말을 걸어온 것이다. 내게도 기다리는 사람이 있느냐고.

  기다리는 사람? 나는 물론 없다. 저분은 있겠지만. 그럼, 우리 둘 중에 누가 더 행복할까.

  기다리다 보면 만날 수 있다는 희망과 만나지 못할 것이라는 절망이 반복된다. 그 사이는 늘 초조함과 안타까움으로 채워지게 마련이다. 기다림이 길어질수록 불안은 그만큼 더 커진다. 안절부절못하고 있는 저분의 모습을 보라. 어떻게 행복하다고 말할 수 있겠는가. 아무도 기다리지 않는 내 처지가 차라리 나을 듯하다.

  아니다. 기다림이 없다면 무슨 낙으로 이 무료한 세상을 살아갈 것인가. 기다림은 때로 사는 이유가 되기도 하고, 살아가는 힘이 되기도 한다. 기다림이 아무리 길고 불안하더라도 그 희망의 끈을 결코 놓을 순 없다. 기다림이 없는 삶은 동물적인 생활에 지나지 않는다. 내 삶이 지금 그렇지 않은가. 나는 하루하루, 그저 살기 위해 살고 있다.

  저분을 본 순간 부럽게 느껴진 이유를 이제는 알 것 같다. 기다림 그 자체는 행복하지 않더라도 그것이 있어야만 사람다운 삶을 살 수 있다는 것을 새삼 깨우친다. 지금의 나에겐 바로 저런 기다림이 필요한 것이다.

아무래도 오늘은 사람 구경을 그만해야겠다. 그 대신에, 멀리 있는 친구에게 전화라도 걸어 봐야겠다. 언제 한번 만나자고. 그러면 그러자고 하겠지. 설령 그게 빈말이라도 나는 믿고 기다리련다.

오늘은 정말, 친구와 '살아 있는 말 몇 마디'[17] 나누고 싶다.

12

오베라는 남자

며칠 전 딸애가 책 한 권을 내게 건네주었다.

'오베라는 남자'[18], 제목이 눈길을 끌었다. 평소에 없던 일이라 왜 주었을까 궁금했는데, 읽고 난 후에 알 것 같았다. 그 남자의 좋지 않은 성격을 내가 많이 닮았으니 한번 고쳐 보라는 뜻인 듯했다.

장장 450페이지에 달하는 이 소설은 제목에서 보듯, 오베의 성격이 여실히 드러나는 에피소드들로 구성되어 있다. 묘사한 부분을 읽어 보니, 나와 전혀 닮지 않았다고 무조건 부정하기는 어려울 것 같다.

소설 곳곳에 그의 행실을 보여 주는 글귀가 있는데, 예를 들면 이런 것들이다.

"오베는 늦잠 자는 사람들을 도통 이해할 수 없다. 매일 6시

15분 전에 정확히 눈을 뜨고, 아침엔 늘 같은 양의 커피를 마신다. 그는 상대방이 자신의 말을 이해하지 않으면 한숨을 푹 쉰 후에 천천히 말한다. 한 단어씩 또박또박. 주차를 비뚤게 하는 사람을 보면 속으로 '주차도 제대로 하지 못하는 사람이 투표권은 가져도 괜찮은 건지' 의심스러워한다."

작가는 그의 내면을 이렇게 표현하고 있다.

"오베는 자기가 보고 만질 수 있는 것만 이해했으며, 흑백으로 이루어진 남자였다. 아내는 그가 가진 유일한 색깔이었다. 자신의 이런 성향이 심각한 결점이 된다는 것을 알고 있지만 그게 자기의 모습이고, 자신은 자기가 해야 할 일을 하고 있을 뿐이라고 생각했다."

주변 사람들은 그런 그를 좋게 평가하지 않는다.

"아내는 그런 오베를 세상에서 가장 융통성 없는 남자라며 웃곤 했다. 오베는 그걸 모욕으로 여기지 않았다. 세상에는 질서가 있어야 한다고 믿었다. 주변 사람은 오베를 까칠하다고 말했다. 사회성이 없다고도 했다. 오베는 그 말이 '자기가 사람들에게 지나치게 싹싹하지 않다'는 의미일 것이라고 짐작만 했다. 하지만 그것을 고칠 생각은 하지 않았다."

내가 오베와 닮았다는 게 매우 불쾌했다. 그렇게 생각하는 딸이 은근히 괘씸했다. 그랬는데, 읽어 갈수록 생각이 바뀌어 갔다.

처음엔 오베가 타협을 모르는 고집불통이었다가, 중간엔 고지식한 사람이었다가, 나중엔 주관이 뚜렷한 남자로 점차 변해 갔다. 지금은 책에 쓰인 대로 오베를 '앞으로만 걸어가는 남자'로 이해하고 있다. 살다 보면 옆으로 걸어야 할 때도 있을 텐데, 그렇게 하지 못했다는 점에서 내가 오베를 닮았다는 생각을 하게된 것이다.

내 마음의 밑바탕에도 타협할 수 없는 것들이 깔려 있다. 자식으로서, 장남으로서, 그리고 어른으로서 해야 할 도리나 처신 같은 것은 지금도 양보할 수 없는 가치관의 문제다. 아들딸에게 그런 것들을 강조하며 이날까지 살아왔다. 시대가 바뀌었는데도 여전히 고집 피우는 나를 딸애는 답답하게 여겼을지 모른다.

예전 같으면 딸의 이런 제안을 코웃음치고 말았을 테지만 지금은 나이 들어서 그런지 마음이 편치 않다. 오죽하면 내게 말하지 못하고 이 책을 슬그머니 건넸을까, 그런 생각이 들면서 여태껏 지켜 온 소신을 꺾어야 하는지를 고민하는 중이다.

문득 이 소설의 결말이 떠오른다. 오베라는 남자는 죽었다. 먼길 떠나는 그를 배웅하는 사람은 가깝게 지내던 몇 사람뿐이었다. 아내를 먼저 보낸 후에 자식 없이 살다 가서 그랬겠지만, 자기 소신대로 너무 고지식하게 살아온 때문인 것 같기도 했다. 뒷모습이 쓸쓸해 보였다.

소설이란 현실을 그대로 반영하는 것이 아니던가. 사람마다 삶과 죽음에 대한 철학이 다르겠지만, 나는 오베처럼 외롭게 떠나고 싶지는 않다. 이왕이면 많은 사람들이 배웅해 주고, 오래도록 슬퍼해 주면 좋겠다. 그러려면 오베를 닮지 말아야한다.

'변해야겠다. 이제부터는 오베를 반면교사로 삼으련다. 지켜야 할 소신은 최소한으로 줄이고, 그 외의 것들은 모두 양보하기로 하자.'

그렇게 마음먹은 후로, 말과 행동을 하기 전에 한 번쯤 오베를 떠올리며 미리 조심한다. 고지식한 태도를 버리고, 의사를 최대한 부드럽게 표현하려고 노력하고 있다. 막상 해 보니, 나 자신을 수시로 확인한다는 게 얼마나 어려운 일인지 모르겠다. 매번 내가 어땠냐고 물어볼 수도 없고. 그래도 이렇게 노력하며 살다 보면 언젠가는 모두들 나를 좋아하게 될 것이다. 그때쯤엔 내가 잘 익은 과일처럼 물렁해지고 향기로워질지 모른다.

나는 나중에 딸에게 좋은 아버지였다는 말을 듣고 싶다. 그리고 누구한테나 이해심 많았던 할아버지로 기억되고 싶다. 오베라는 남자처럼 쓸쓸하게 떠나고 싶지는 않다.

5부

삼바,
그 뜨거운 정열에 취하다

북소리가 들린다. 둥 둥, 둥 둥…
북을 쉬지 않고 내려친다
4분의 2박자로 힘 있게
감정이 고조되고 열기가 느껴진다

1
죽음을
생각한다

나이 탓인지, 죽음을 의식할 때가 가끔 있다.

아는 사람이 세상을 떠났을 땐 남의 일 같지가 않아서 한동안 깊은 시름에 잠기곤 한다. 잊을 만하면 생각나는 것이 죽음, 바로 그것이다. 머리를 도리질하며 지우려고 애써 보지만 그럴수록 한 발 더 가까이 다가오는 불안한 느낌. 나는 죽음이 두렵다. 정말 두렵다.

나도 다른 분들처럼 여든 살, 아흔 살, 백 살까지 산다고 가정하여 남은 세월을 어떻게 보낼까 곰곰이 생각하던 중이었다.

그런데 갑자기 듣도 보도 못한 돌림병이 출현하더니, 세상을 휘젓고 다니며 사람들을 죽음의 도가니 속으로 몰아가고 있다. 매일 아침저녁으로 방송을 통해 어디에서 몇 명이 죽었다고 알려 준다. 사람들은 저마다 그 병을 피해 다니느라 분주하다. 얼굴을 마주치지 않으려고 고개를 돌리거나 마스크를 쓰고 있다.

뉴스거리도 못 되었던 보통 사람들의 죽음이 요즘처럼 이목을 끌었던 적은 한 번도 없었다. 노화로 자연사하리라던 내 예상도 어긋나 버릴 것 같았다. 재수 없으면 며칠 내로 죽을 수도 있다는 우려 때문에 바깥출입을 안 한 지 꽤 오래되었다.

이 돌림병을 '코로나'라고 부른다. 이름은 멋있어 보이는데, 사람이 죽는 병이라고 하니 말만 들어도 섬뜩해진다. 왜 그런 이름을 붙였는지, 이유가 궁금하다.

코로나는 해가 달에게 가려져 가장자리만 조금 남아 있는 개기일식 현상이라고 알고 있다. 살면서 몇 번 본 적이 있는데, 세상이 캄캄해지다가 달이 지나가고 나면 해는 제 모습을 되찾고 세상은 다시 밝아진다. 하면, 이 돌림병에 코로나라는 이름을 붙인 까닭은 수많은 사람이 죽고 나서야 세상이 안정을 되찾을 거라고 예상했기 때문일까?

'그럴 리가….' 했는데, 이 돌림병은 치료제를 만드는 데만 일 년 넘게 걸린다고 한다. 그 기간 중에 얼마나 많은 사람들이 죽어 나갈 것인가. 생각만 해도 끔찍하다. 달이 해를 거의 다 가리듯이 설마 열 사람 중에 아홉이 죽을까 의심하면서도 지금 같은 추세라면 혹시 모른다는 불안한 마음이 자꾸 든다.

날이 갈수록 환자가 늘어나 병상조차도 부족한 현실이란다. 치료의 우선순위를 굳이 따지자면 젊은 사람들이 먼저가 아닐까 싶다. 잘잘못을 떠나서 나는 오래 살았고 그들은 조금밖에 살지 못했으니, 자리를 놓고 경쟁해야 한다면 내가 양보하는 게 옳을 것 같다.

'나야 살만큼 살았으니 괜찮다. 인생 백 년이라고 하면 거의 70%를 산 셈이니까.'

말은 그렇게 했어도 죽음이 여전히 두렵다. 불안함을 조금이나마 줄이기 위해 내가 나에게 죽음이 무섭지 않다는 합리적인 이유를 설명해 본다.

'죽는 순간은 아주 짧다', '숨소리가 잦아들다가 어느 순간 끊어지면 죽는 것이다', '살겠다고 몸부림치는 동안은 아프겠지만 지나고 나면 아플 일이 전혀 없다'

그 말을 반복하다 보니 정말로 그럴 것 같다는 생각이 든다. '죽을 각오를 하고 사는 사람은 참으로 자유로운 사람'[19]이라는 말이 새삼 가슴에 와 닿는다. 조금이나마 마음이 편해진다.

'일부러 사람 많은 곳을 찾아다닐 필요는 없다. 그렇다고 마주치는 사람을 멀리 피해 다닐 이유도 없다. 죽고 사는 것은 하늘의 뜻이요 나의 운명이란 것을 담담하게 받아들이자.'

그렇게 다짐하고도 뒤돌아서면 다시 불안해진다. 생사를 초월할 만큼 되려면 나는 아직도 먼 것 같다. 이제부터라도 마음 수련을 꾸준히 해야겠다.

2

삼바,
그 뜨거운 정열에 취하다

북소리가 들린다. 둥 둥, 둥 둥….

북을 쉬지 않고 내려친다. 4분의 2박자로 힘 있게. 감정이 고조되고 열기가 느껴진다. 숨이 점점 가빠진다.

경로우대를 받는 나이가 되자 여태껏 한 번도 해 보지 않았던 일에 욕심이 생겼다. 살면 얼마나 더 살겠냐는 안타까움과, 지금 포기하면 해 볼 기회가 영영 없을 거라는 절망감이 내게 한번 시도해 보라고 부채질했다. 인생에 있어서 '언제 시작하든 너무 늦은 것은 없다.'[20]는 말도 한몫 거들었다.

수영을 배우기 시작했다. 세 달째. 이젠 물 위로 뜨고 발차기도 제법 한다. 숨쉬기마저 배우면 혼자서도 얼마든지 즐길 수 있을 것 같다. 자신감이 생긴다. 그러자 다른 욕심이 슬그머니 일어난다. 이번엔 춤을 춰 보고 싶다. 어떤 춤을 출까. 인터넷으로 종류를 검색하고, 각각의 동영상을 보면서 동작들을 세심하게 살펴본다.

어렸을 때부터 말이 별로 없고 운동을 싫어했던 나는 커서도 마찬가지였다. 직장 동료와 회식 자리에 있다가 밤늦게 나이트 클럽에 끌려갈 때도 남들이 춤추는 것을 보기만 했었다. 그 시절엔 젊은이들 사이에 고고 춤이 유행했었는데 나는 꿔다 놓은 보릿자루처럼 늘 앉아 있었다. 끝날 무렵에 음악이 조용히 흐르는 분위기 속에서 서로를 안고 있는 듯한 블루스가 차라리 좋아 보였다. 물론 그것조차도 해 보지 못했다.

그랬었던 내가 요즘엔 그 반대가 되었다. 젊은이들이 시끄럽게 떠드는 카페에 앉아 있기를 좋아하고, 속으로 느끼는 춤보다는 신나게 몸을 흔드는 춤이 더 좋아진 것이다. 못 해 본 것에 대한 미련 때문인지 사라진 것에 대한 아쉬움 때문인지 그 이유는 잘 모르겠지만, 이왕이면 내 몸 안에 잠자고 있는 관능을 흔들어 깨우고 싶다.

여러 춤들을 일일이 살펴본 결과, 블루스는 시답잖고 차차차나 지르박은 밋밋해서 싫다. 그나마 살사와 탱고엔 마음이 조금 끌린다. 춤추는 모습을 계속 본다. 보면 볼수록 뭔가 부족한 느낌이 든다. 밀고 당기기만 하다가 끝나고 말아서 그런지, 내 안에 쌓여 있던 긴장과 흥분을 확 풀어 버리지 못하고 오히려 더해 가는 것 같다.

게다가 그런 춤을 추려면 여자와 어울려 몸을 움직이고 때에 따라서는 상대의 몸을 눌러 주거나 받쳐 줘야 하는데, 나는 그것이 체력적으로 힘들 것 같다. 이마에 힘줄을 돋우면서까지 굳이 하고 싶지는 않다.

춤을 아예 포기할까 하다가 미련이 남아서 다른 춤들을 검색하고 있었다. 우연히 삼바 춤이 눈에 띄었다. 이 춤은 종류가 여러 가지다. 각각의 동영상을 살펴보던 중에 여자 홀로 춤을 추고 남자는 그 옆에서 북만 치는 색다른 모습이 있어서 유심히 관찰해 보았다.

여자가 춤을 춘다. 젖꼭지와 음부만 아슬아슬하게 가린 채 거의 발가벗고 있다. 춤추는 자세와 동작이 현란하고 자극적이다. 두 다리를 조금 굽히고 가슴을 자랑하듯 앞으로 죽 내밀며, 누군가를 껴안듯이 두 팔을 들어 올려 몸을 위아래로 마구 흔든다. 그러더니 가랑이를 벌리고 골반을 천천히 돌린다. 허리를 좌우로 비틀기도 하고, 앞으로 내밀었다가 뒤로 뺐다가 한다.

그 옆에 남자가 서서 양철로 만든 듯한 큰 북을 굵은 방망이로 박자에 맞춰 힘차게 내려친다. 둥 둥, 둥 둥…. 북소리가 울릴 때마다 몸속 깊은 곳에 뭔가가 들어가는 듯한 자극을 주고 있다. 북소리가 점점 더 크게 울려 퍼진다. 분위기가 한껏 고조된다. 바라보고 있는 나도 호흡이 점차 빨라진다. 여자가 몸을 천천히 떨기 시작한다. 그 동작이 점점 빨라진다. 마침내 절정에 다다른 듯이 온몸을 부르르 떤다.

춤이 드디어 끝나자 나는 참고 있던 한숨을 몰아쉰다. 내가 그 여자와 관계나 한 것처럼 온몸이 나른해지고 정신이 몽롱해진다. 이 나이에 내가 무슨 상상을 하고 있는 건지…. 망측스럽기도 하고 미련을 버리기도 아까워, 망설이다가 다시 한 번 그 동영상을 틀어 본다. 사라진 줄 알았던 욕망의 불꽃이 서서히 타오른다. 점점 절정으로 치닫는다. 숨이 가쁘다. 드디어 나는 눈을 감는다.

춤추는 여자와 북 치는 남자. 남자의 역할이 이보다 더 간결하고 명확한 춤은 없을 것이다. 나는 삼바 춤을 배우기로 마음먹는다. 그러자 뜻하지 않은 걱정이 고개를 쳐든다. 아내에게 허락받기가 쉽지 않을 것 같다. 곱게 늙어 가자고 나를 달랠 것이다. 그러면 나는 또, 그러자고 괜찮은 듯이 대답하며 속으로는 실망하겠지. 그런 일이 벌어지기 전에 나 스스로 포기하고 만다.

하고 싶어도 할 수 없는 것만큼 서글픈 일은 없다. 춤을 포기하고 나니 못생긴 미련인가, 마음이 이상하게 쓸쓸하다. 젊었을 때 진즉 해 볼걸.

북소리가 계속 들려온다. 둥 둥, 둥 둥….

삼바 춤이 끝난 지 오래인데, 아직도 나는 그 뜨거운 정열에 취해 있다.

아, 춤추고 싶다. 북 치고 싶다!

3

설국(雪國)의
첫날밤

딸을 분가시키기로 결정했다. 서울로 출퇴근하기 힘들어하는 것을 더 이상은 보기 싫어서였다. 눈에 넣어도 아프지 않을 그 애를 떠나보낸다고 생각하니 마음이 불편했다.

이런 내 마음을 위로해 주려는 의도였는지, 딸이 내게 가까운 일본에라도 가족이 함께 여행을 다녀오자고 제안했다. 동경, 오사카, 홋카이도 중 한 곳을 골라 보라고 하였다.

이별 여행인 느낌이 들어 탐탁지 않았다. 그래도 부모를 생각하는 그 애 마음이 기특하였다. 때마침 겨울철이니 홋카이도에 가 보자고 말했다. 설국, 그것도 가장 깊은 곳인 후라노(富良)로. 오래전에 아키타에서 보았던 설경이 떠올랐다. 한 폭의 그림이었다. 홋카이도는 그곳보다 훨씬 더 북쪽이니 얼마나 더 아름다울까. 딸과 함께 추억을 만들 장소로는 아주 좋아 보였다.

오늘(2017. 12. 24.) 드디어 출발.

설경을 바라보며 성탄절을 보낼 생각을 하느라 간밤엔 잠도 제대로 못 잤다. 아침 일찍 짐을 꾸리며 하늘을 보니 꾸물꾸물하다. 뉴스에 귀를 기울여 본다. 어제 오후부터 날씨가 좋지 않아서 비행기들이 연착 연발을 하고 있다는 소식이 들려온다. 출발에 문제가 없을지 마음이 많이 불안하다. 내색하지 않고 있다.

공항버스는 비안개 속으로 열심히 달려간다. 앞서가는 차량과 마주 오는 차량의 노랑 불빛이 우리에게 조심하라는 듯하다. 나는 마음의 안정을 찾으려고 애쓰는 중인데, 집사람과 딸은 태평하게 눈을 감고 있다.

차창 밖 오른쪽 길가에 설치된 철조망이 눈을 서슬 퍼렇게 뜨고 '내게 다가오지 마!' 하는 듯하다. 잔뜩 찌푸린 하늘이 우리를 내려다보고 있고, 땅의 젖은 물기는 살얼음처럼 번뜩인다. '나는 지금 어디로 가고 있는 걸까. 설마 돌아올 수 없는 곳으로 가는 것은 아니겠지.' 불안하다. 눈을 질끈 감는다.

아키타에서 겪은 일들이 문득 떠오른다. 폭설 때문에 비행기가 출발하지 못해 크게 낭패를 보았던 과정이 어제 일처럼 또렷하다. 그때 아내의 기지와 배짱에 놀랐던 기억이 아직도 생생하다. 오늘은 홋카이도행 비행기가 비안개 때문에 4시간쯤 늦게 출발한다고 한다.

4박 5일 여행이 시작부터 이러니, 앞으로 어떤 일이 벌어질지 자못 궁금하다. 벌써부터 긴장된다. 아니, 기대된다고 해야 할까. 예기치 않은 불행(?)을 아무렇지도 않게 웃어넘기는 아내가 부럽다. 졸고 있는 그녀의 얼굴을 바라본다. 평화롭다. 부디 좋은 꿈, 꾸기를….

저녁 7시 20분, 삿포로 공항에 드디어 도착. 후라노로 가는 버스는 이미 끊어지고 없다.

공항부터 후라노에 예약한 호텔까지는 140킬로 남짓한 거리. 택시를 타고 갈 것인가 아니면, 삿포로 근처에서 하룻밤을 자고 내일 아침에 버스를 타고 갈 것인가. 아내와 딸에게 의견을 물었더니 같은 값이면 후라노 호텔로 가자고 한다.

그 이유를 물으니, 후라노 호텔의 숙박료가 하루 40만 원인데 취소가 안 된다는 것이다. 삿포로에서 자고 갈 경우의 숙박비와 후라노까지의 택시 요금을 더해 보았더니, 지금 가나 하루 늦게 가나 비용엔 별 차이가 없다고 한다. 게다가 아직은 초저녁이니까 택시 타고 가면 오늘 중엔 도착할 수 있으니, 내일 아침부턴 예정했던 대로 여행을 시작할 수 있다는 장점이 있다는 것이다.

일리가 있다. 그러기로 하고, 쥐꼬리만큼 알고 있는 일본어에 눈짐작을 더해서 택시 타는 곳으로 어렵지 않게 찾아간다. 젊은 시절에 동경으로 유학과 출장을 여러 차례 경험해 봤던 덕분이다. 마침 택시 한 대가 서 있다. 딸애가 영어로 몇 마디 하더니 타자고 한다. 타고 보니, 할아버지 운전수다. 앞자리에 앉은 딸이 다시 영어로 말하자 그분이 뒷좌석을 돌아보며 내게 자기는 영어를 잘 모르니까 혹시 일본어로 말씀해 줄 수 있느냐고 묻는다.

대화가 잘 되지 않으면 출발하지 않을 것 같은 느낌이 든다. 조금은 할 줄 안다고 말하자 곧바로 출발한다. 출발 시각은 저녁 8시 16분. 차를 타고 가는 동안 졸음은 계속 쏟아지는데, 잊고 있던 일본어를 떠올려 보려고 애쓰느라 잠을 잘 수가 없다.

비몽사몽. 수시로 깨어 보면 어두운 밤길을, 그것도 미끄러운 눈길을 조심조심 달려가고 있다. 가끔 마주 오는 차량이 있을 뿐 같은 방향으로 달려가는 차량은 아예 없다.

딸이 뭐라고 말한다. 어디만큼 왔을까. 시계를 보니 얼추 한 시간쯤 지났다. 차창 밖은 여전히 캄캄한데, 길옆에 쌓인 흰 눈더미가 소복을 입은 여자 귀신처럼 차창에 달려든다. 딸의 얘기를 들어 보니, 운전수가 다른 방향으로 가고 있다고 한다. 손에 든 휴대폰의 내비게이션을 가리키며 목적지까지의 남은 거리가 전혀 줄지 않고 있다는 것이다. 설마 엉뚱한 길로 가고 있지는 않겠지 하면서도 의심이 자꾸 간다. 일부러 그러는 것은 아니겠지만, 밤길이니까.

할아버지 운전수는 눈치로 우리가 주고받는 말을 알아들은 것 같다. 뒤를 돌아보며, 일본 말로 하이웨이엔 차량이 많아서 운전하기 편한 로컬 도로로 가는 중이라고 말한다. 말하지는 못해도 대충은 알아듣겠다. 40년 전에 배운 일본어가 아직도 머릿속에 남아 있다는 게 신기하다.

캄캄한 밤에 그것도 눈길이니까, 딸에게 조금만 참아 보자고 했다. 운전수에게는 10시 40분까지 호텔에 도착해야만 한다고 말해 주었다. 늦어도 그때까지는 체크인을 해야 하는 이유를 설명했다. 떠듬거리는 일본 말인데도 알아들었다고 고개를 끄떡인다. 이제야 마음이 조금 편해진다.

한참을 더 갔는데, 길을 잘못 들어서였는지 가던 길을 되돌아 나온다. 할아버지는 육감으로 방향을 잡고 가는 듯했는데, 어느 순간 갈팡질팡한다. 미안해하며 당황한 기색을 보인다. 딸이 내비게이션을 보여 주며 방향을 가르쳐 준다. 그러자 안 되겠는지, 그때부터는 내비게이션을 수시로 쳐다보며 운전한다. 계속 밤길을 달려가고 있다.

시간은 이미 10시 40분을 넘겼다. 택시 요금도 서로 약속한 3만 엔을 넘어섰다. 뭐라고 따질까 하다가 조금만 더 참아 보기로 한다. 운전수에게 시비를 걸어 봤자 좋을 게 없다는 생각이 들었기 때문이다. '한밤중에 아무도 없는 길에 우리를 내려 주면 어떻게 하나, 말도 잘 통하지 않는데 싸움이라도 벌어지면 불리할 게

아닌가. 이곳은 우리나라가 아니니까.'

후라노 표지판이 드디어 보인다. 가와바타 야스나리(川端康成)가 쓴『설국』의 첫 문장대로, 국경의 긴 터널을 빠져나오자 곧바로 설국이다. 그가 말한 설국은 이곳이 아닐 텐데도 풍경은 그 소설과 비슷한 것 같다. 이제 거의 다 왔다. 몇 킬로미터 남았는지 물어보니 대략 20킬로미터라고 대답한다.

20분 정도 더 가면 도착하겠구나 생각하니, 더 이상 잠은 오지 않는다. 창밖엔 눈보라가 몰아친다. 길옆에 드문드문 집들이 있는데 모두 불이 꺼져 있다. 눈이 하얗게 덮여 집인지 산인지 분별하기가 쉽지 않다. 설국에 도착했다고 생각하니 마음이 설렌다.

운전수가 갑자기 차를 길가에 세우더니, 택시 요금 계산기를 아예 꺼 버린다. 그러더니 뭐라고 한참 말을 한다. 자기가 약속을 지키지 못했다고 사과하는 것 같다. 호텔까지의 거리가 아직 20킬로미터나 남았지만 요금은 약속대로 3만 엔만 받겠으니 양해해 달라는 뜻인 듯하다. 할아버지의 양심적 언행과 공손한 태도에 오히려 그분을 의심했던 게 미안해진다.

11시 5분 전. 드디어 호텔에 도착했다. 약속 시간에 맞추지 못해 미안하다며, 할아버지는 연신 머리를 수그린다. 그 태도가 하도 진지해서 기억에 남을 만하다. 차량 번호와 운전면허증을 휴대폰으로 찍어 둔다. 나중에라도 고맙다는 인사를 해야 할 것 같아서.

잠을 청하며 오늘 일어났던 일들을 되짚어 본다. 아키타[21] 때와 마찬가지로 드라마틱하다. 창밖을 바라본다. 설국의 첫날밤은 점점 깊어만 가는데, 객은 잠 못 이루고 눈은 축복처럼 펑펑 내린다.

4

열흘,
그 긴 외로움

2018. 1. 22. 첫째 날

나는 지금 혼자 있다. 내가 스스로 원했던 상황이다. 좋은 것 같기도 하고 아닌 것 같기도 하다. 집사람 없이 앞으로 어떻게 살까, 속으로 고민해 본다.

한 달 전에 집사람이 콧바람을 쐬고 싶다고 하도 조르기에, 열흘간 외국에 있는 친구에게 다녀오라고 허락해 주었다. 예순둘, 그 나이가 되면 어릴 적 친구가 그리워지는 게 당연하니까.

막상 비행기 표를 구입해 놓고 보니 이젠 내가 걱정이 되는지, 열흘 치 밥을 비닐봉지에 싸서 냉장고에 넣어 놓고 때 되면 전자레인지에 데워 먹으라고 신신당부를 한다. 마른반찬의 위치를 일러 주면서도 안심이 안 되는지, 공항에서 비행기 타러 걸어가는 중에도 연신 문자 메시지를 보낸다. 아내의 눈에는 내가 어린 아들처럼 보이는가 보다.

지금쯤 비행기가 이륙했을 것이다. 집사람이 내 곁을 떠났다는 사실이 비로소 실감난다. 막상 없으니 기분이 야릇하다. 홀가분해서 좋은 것 같기도 하고, 늘 내 앞에서 웃음 짓던 모습이 사라졌다고 생각하니 조금은 서운한 것 같기도 하고.

'외로움은 병이요, 고독은 즐거운 사치'라고 하던데, 나는 지금 그 둘 사이에서 어정쩡한 상태로 있다. 앞으로 열흘, 나는 외로움이란 병마와 싸우는 게 아니라 고독을 즐기겠다고 굳게 마음먹는다.

2018. 1. 23. 둘째 날

아침 8시. 아내에게서 '비행기가 라스베이거스에 무사히 착륙했고, 지금은 입국 수속하러 걸어가는 중'이라는 문자 메시지를 받았다.

그녀의 씩씩한 발걸음을 머릿속으로 그려 본다. 요즘은 입국 허가를 받기 어렵다던데, 과연 잘 해낼 수 있을까. '트래블링', '마이 프렌드 이즈 웨이팅' 정도의 짧은 영어로 과연 말이 잘 통할까. 은근히 걱정되면서도 잘 해내리라 믿는다.

30여 년 전, 미국에 주재원으로 갔을 때의 일이다. 마켓에서 물건을 덜컥 사 놓고는 마음에 안 드는지, 나더러 그다음 날 반품하러 가자고 했다. 아내가 내 손에 물건을 들려 주며 한번 말해 보라고 시켰다. 교과서로만 영어 공부를 해왔던 나는 속으로 당황하면서도 내색하지 않고 점원 앞으로 다가갔다.

 실전은 생각만큼 쉽지 않았다. 주어, 동사, 목적어를 완벽하게 구성해서 몇 번이나 속으로 연습해 놓고도, 내 말을 못 알아들으면 어쩌나 하며 마음이 떨렸다. 역시나 내 말을 알아듣지 못했다. 내가 점원 앞에서 장황하게 말을 늘어놓고 있는데, 답답했던지 멀찍이 서서 구경하고 있던 집사람이 다가와 나를 옆으로 밀어내더니, 물건을 손가락으로 가리키며 "체인지" 하는 게 아닌가. 그 말 한마디에 모든 것이 다 해결되었다. 어이가 없었다.

 미국이란 나라가 여성의 말이라면 무조건 들어준다고, 반품은 이것저것 따지지 않고 받아 준다고 집사람에게 내 영어 실력을 극구 변명했지만, 속으로는 부끄러웠던 기억이 떠올랐다.

 아니나 다를까. 잠시 후에 다시 문자 메시지가 날아왔다. 공항 대합실에서 친구를 만났다고 한다. 불과 30분 만에 입국 허가를 받고 짐을 찾아 밖으로 나간 것이다. 나는 속으로 '역시' 했다.

 이제 나는 집사람이 일러 준 대로, 아침밥을 먹은 후에 집 앞 목욕탕에 다녀올 생각이다. 그곳에서 때를 밀고, 찜질방으로 가서 찜질 좀 하다가 점심을 먹고, 집으로 돌아올 것이다.

문득 이런 생각이 들었다. '이게 과연 내가 원하던 고독인가. 집에서 기른 강아지(?)를 바깥에서 풀어 줘도 결국엔 집으로 돌아온다더니, 내가 꼭 그 꼴 아닌가.'

2018. 1. 24. 셋째 날

예술의 전당에서 뮤지컬 〈안나카레리나〉를 보았다. 홀로 있는 애비를 생각해서 딸애가 표를 예매해 주었던 것이다. 올해 들어 가장 춥다는 날씨, 그것도 하필 저녁 늦은 시각에. 딸의 마음이 갸륵해서 차마 거절하지 못했다. 시간에 맞춰 공연장에 가 보니 젊은 사람들로 북적이고 있었다.

드디어 관람 시작. 옛날에 읽었던 소설의 내용이 어렴풋이 떠올랐다. 무대 장치는 예상한 대로 훌륭했다. 반면에, 뮤지컬 배우들의 노래는 조금 실망스러웠다.

1막, 그 짧은 공연 시간에 소설 한 편이 휙 지나갔다. 명장면을 떠올려 보았으나 기억에 남는 건 별로 없었다. 일산에서 이곳까지, 혼잡을 뚫고 2시간 반을 달려온 수고가 아까웠다.

2막 시작. 뒤늦게 목청이 트였는지, 비교적 훌륭했다. 딱 한 번 나오는 소프라노는 듣기 좋았다. 이 뮤지컬이 관중에게 던지는 메시지는 단순했다. '불륜은 불행을 가져온다'는 의미였다. 그 내용을 노래로 계속 반복하는데 듣기가 매우 불편했다. 애비를 비싼 좌석에 앉힌 딸애의 마음씨가 아까웠다.

집에 도착하니 벌써 11시 40분. 밤늦게 드라이브하며 한강의 야경을 딸과 나, 우리 둘만 오붓하게 구경을 했으니 이것도 내겐 아주 좋은 추억이 될 것이다. 딸애의 옆얼굴을 보며 속으로 '고맙다'고 말해 본다.

2018. 1. 25. 넷째 날

날씨가 어제보다 더 춥다. 집에서 300미터 떨어진, 조용한 찻집에 책 한 권을 들고 가서 커피 한 잔과 김밥을 주문했다. 2시간가량 지나자 딸애가 찾아왔다. 그 애도 똑같은 주문을 하고, 나와 마주 앉아 책을 보았다. 그렇게 또 2시간. 들고 나온 책을 나는 다 읽었다. 집에 돌아가겠다고 하니, 차로 데려다주겠다고 한다. 나를 보살피려는 딸애의 마음씨가 고맙다.

헬스장에 가서 한참을 운동했다. 몸에도 좋고 시간 보내기에도 좋은 것이 운동만 한 게 없다는 생각이 들었다. 사우나에 들어가 한참 몸을 지지고 나니 한결 가벼워졌다. 집으로 돌아오자 딸애가 밥상을 차려 주었다. 아내가 없으니 그 애가 고생이다.

어서 시집을 보내야 할 텐데….

밤늦게까지 책을 읽었다. 그리고 독후감을 썼다. 아무도 내게 왜 쓰냐고 묻지 않겠지만, 혹시 묻는다면 나는 '이렇게라도 해서 아내 없는 시간을 보내야 하니까.'라고 대답할 것이다.

지금쯤이면 라스베이거스는 아침일 터, 집사람에게 메시지를 보내 본다. 받겠지 했는데, 아무런 대답이 없다. 오늘 뉴욕으로 출발한다더니, 일찍 공항에 나간 모양이다. 모처럼 미국에 갔으니, 옛날에 우리가 살던 곳도 오랜만에 찾아가 보고 싶을 것이다.

맨해튼 거리가 눈에 자꾸 어른거린다. '나는 그곳에 없는데 맨해튼은 거기에 있다.'는 아이러니가 마음에 걸린다.

2018. 1. 26. 다섯째 날

딸애가 점심을 차려 놓고 나갔다. 내가 굶을까 봐 마음이 쓰이는 눈치다. 늙으면 주변 사람에게 짐이 된다더니, 내가 지금 꼭 그 꼴 아닌가. 그러지 말아야 할 텐데….

집사람 생각이 나서 시로 옮겨 봤다. 시인도 아니니까, 따로 발표할 일도 없겠지만. 제목을 '나의 꽃'으로 정했다. 그러고 나서 하루 종일, 고치고 또 고치고 한다.

그대의 숨결에 섞인

아름다운 향기

그대의 말씀에 담긴

곱고 착한 마음

그대의 사진에 담긴

어여쁜 그 모습

사계절 언제나 피는

그대는 나의 꽃

2018. 1. 27. 여섯째 날

　오늘은 집사람과 모처럼 통화했다. 목소리가 듣고 싶어서 견딜 수가 없었다. 여전히 밝고 명랑했다. 한참을 통화하는 중에 옆에서 무슨 소리가 들렸다. 알아들을 수 없어서 집사람에게 물었더니, 곁에서 듣고 있던 친구가 '쏘리'라고 말했단다.

　전화를 끊고 나서도 그 '쏘리'의 여운이 오래 남는다. 나에게서 집사람을 오래 떼어 놓아 미안하다는 건지 아니면, 집사람과 함께 매번 그 친구의 집에 머물렀었는데 이번에는 나를 만나 보지 못해 유감이라는 건지, 그 말의 의미가 자못 헷갈린다. 어느 쪽으로 해석하든 그 친구가 고맙게 느껴진다. 각박한 세상에 그런 말을 하는 사람이 있다는 게 참 좋다.

'쏘리', 미안하다는 그 말은 어감과 뜻이 다 좋다. 그 말 안에는 조금만 자기 입장을 이해해 달라는 부탁의 뜻도 숨어 있다. 사람 사는 세상에 서로 이해하지 못할 것은 없지 않은가. 요즘엔 그런 말을 여간해서는 듣기 어렵다. 우리는 왜 이렇게 변했을까.

2018. 1. 28. 일곱째 날

집사람에게 쇼핑을 안내해 주겠다고 나선 사람이 있다고 들었다. 언젠가 발표했던 수필 「말, 도로 주워 담고 싶은」의 여주인공이었다. 3년 전 그때처럼 아내는 그녀와 롱아일랜드로 쇼핑을 갔다가 그녀의 남편이 일하는 곳에 들렀단다. 마음의 상처가 잘 아문 것 같아서 은근히 기뻤다. 그녀에게 마음 아픈 일이 더 이상 없기를 진심으로 바란다.

잠시 후에 사진 한 장을 보내왔다. 친구와 식사하는 장면이었다. 미국은 이맘때가 랍스터 철이다. 불과 돈 만 원이면 크고 식감이 좋은 것을 사 먹을 수 있다. 생각만 해도 군침이 돈다. 사진을 보며 실제로 내가 먹고 있는 것처럼 상상할 수 있다는 것만으로도 얼마나 즐거운지. 이것을 보지 않았다면 그냥 무덤덤하게 지나갔을 시간인데.

아내가 없으니까 딸애가 고생이다. 나갔다가도 애비에게 밥을 차려 주기 위해 집으로 돌아온다. 나는 이렇게 행복하다. 멀리 떨어져 사는 아들은 손자 손녀의 얼굴을 보여 주기 위해 영상통화를 걸어온다. 그래도 나는 부족함을 느낀다. 더구나 잠잘 때는 허전해 견딜 수가 없다. 아무래도 아내가 내 곁에 있어야겠다.

2018. 1. 29. 여덟째 날

시내 모처에 10평짜리 집 한 채가 있다. 퇴직 후에 혹시 용돈이라도 받아 쓸까 해서 마련해 두었던 것인데, 문제가 생긴 모양이다. 수돗물이 나오지 않는다고 한다. 날씨 탓이다. 세입자가 고쳐 달라고 성화다.

이런 일들은 여태껏 아내가 해결해 왔다. 그녀가 없는 빈자리를 실감하고 있다. 언제 닥칠지 모르는 이런 어려움들을 실습해 보라는 하늘의 뜻인 것 같아서 불편하게 생각하지 않기로 마음먹는다.

수리할 만한 사람을 불러 그 집의 수도관을 점검했는데, 땅속에 묻은 계량기로부터 집 안의 수도꼭지까지의 길이가 너무 길어서, 어느 부위가 얼었는지 가늠하기가 힘들단다. 난감하다. 내일 날이 밝으면 다시 나와서 고쳐 봐야겠다. 아무래도 돈이 많이 들 것 같다. 은근히 걱정된다.

2018. 1. 30. 아홉째 날

집사람이 보내 준 사진을 들여다보고 있다. 금반지처럼 생긴 조형물 앞에서 친구와 나란히 웃고 있다. 알고 지낸 지 50년 되었다고 하던데, 마침 금반지라니. 이번의 만남이 우연은 아닌 것 같다. 우리가 겪는 일들이 다 마찬가지일 것이다. 우연처럼 보이지만 사실은 그 안에 어떤 의미가 담겨 있을지 모른다. '인연'이나 '인과응보'란 말이 허황되지 않음을 깨닫는다.

집사람의 웃음소리가 듣고 싶다. 아무런 거리낌 없이 활짝 웃는 모습이 보고 싶다. 불과 열흘 떨어져 있는데, 이렇듯 그립다니! 앞으로는 떨어져 있지 말아야겠다. 그녀가 늘 내 곁에 있으면 좋겠는데, 언제까지 그럴 수 있을까. 10년 아니, 20년? 그 정도로는 부족하다. 최소한 30년은 되어야겠다.

이제 딱 하루 남았다. 일각이 여삼추란 말이 실감난다. 시간이 다가올수록 마음이 조급해진다. 딱히 하는 일도 별로 없지만 글

쓰는 일마저 손에 잡히지 않는다.

무사히 돌아오라고 염력을 일으켜 본다. 태평양을 건너갈 정도의 힘은 못 될지 모르겠지만 그래도 힘껏, 빌고 또 빈다. "여보, 보고 싶어. 조심해서 건너와."

2018. 1. 31. 열흘째 날

드디어 오늘 저녁, 그녀가 돌아온다. 지금쯤은 비행기 속에서 열댓 시간을 내리 잠자고 있을 것이다. 그쪽 시각으로는 한밤중일 테니까. 나도 미리 잠을 자 두어야겠다. 이따가 아내에게 말동무를 해 주려면.

시간을 미리 맞춰 둔다. 도착 시각 2시간 전으로. 일어나서 씻고 부지런히 공항에 마중을 나가야겠다. 보고 싶다. 만나면 포옹부터 해야지. 그리고 공항에서 집사람이 좋아하는 평양냉면을 함께 사 먹어야겠다.

아내 없을 때 실컷 나만의 고독을, 그 즐거운 사치를 실컷 누려야지 결심했던 것이 결국 무위로 돌아가고 말았다. 오히려 외로움에 사로잡혀, 아내 없이는 안 되겠다는 현실만 크게 느꼈다. 앞으로는 절대 이런 아픔을 겪지 말아야겠다. 잠시라도 그녀의 곁을 떠나지 않으련다.

1_ 마에다 유구레의 책 제목을 인용함.

2_ 김남조 시인의 수필 「공유의 축제」에서 일부 인용함.

3_ 김영랑의 시 「내 마음을 아실 이」에서 인용함.

4_ 김용택 산문집 이름.

5_ 레미 구르몽의 시 「낙엽」에서 인용.

6_ 손수자의 수필집 『들미골 소나타』에서 인용함.

7_ 김춘수의 시 「꽃」에서 인용.

8_ 한국일보 기자였던 최남진이 쓴 책 이름.

9_ 영국문화협회가 세계 102개 비영어권 국가, 4만 명을 대상으로
설문 조사한 결과라고 함.

10_ 백석의 시 「흰 바람벽이 있어」에서 인용함.

11_ 보이저 1호가 찍은 지구의 사진을 부르는 명칭.

12_ 이미도의 『언어상영관』에서, 빈센트 반 고흐가 한 말이라고 함.

13_ 김용택의 시 「이 꽃잎들」의 한 구절.

14_ 조선일보사와 국립국어연구원 공저 『우리말의 예절(하)』(P.69)
에서 인용함.

15_ 수필집 『늙은 바나나』에 수록된 「아내에게 보낸 마음 편지」를
말함.

16_ 정호승의 시 「수선화에게」에서 인용함.

17_ 마종기의 시 「간절한」에서 인용함.

18_ 스웨덴 작가 프레드릭 베크만의 데뷔작임. 280만 부 판매로 미
국 아마존 소설 부문 1위의 베스트셀러가 됐음.

19_ 디오게네스가 했다는 말.

20_ 영국 작가 조지 엘리엇이 한 말.

21_ 수필집 『날자, 한 번 더』에 수록된 「아내의 기지와 배짱」의 여
행지.

소중한 사람과 행복을 꿈꾸며

:
:
:
:
:

'지금 내 인생에서 누가 가장 소중할까?'

아무리 생각해 봐도 아내입니다. 그녀의 고운 얼굴에 주름이 하나씩 더해 가고, 검은 머리에 흰 머리카락이 하나씩 늘어 갈 때마다 안타까워요.

어느 날 오후, 창가에 서서 먼 하늘을 바라보는 아내의 뒷모습을 보았어요. 저도 모르게 슬퍼지더군요. 먼발치에서 그녀의 심정을 헤아려 보기만 할 뿐 차마 다가가지 못했습니다.

얼마 남지 않은 우리 인생. 몸은 아프고 마음은 쓸쓸합니다. 아들딸 손자들을 보면 기쁘고 즐거운데, 그것도 잠시입니다. 뭔지 모를 슬픔이 자꾸 안에서 튀어나와요. 행복하게 살 만큼 살았는데, 무엇을 더 바라는 건지 잘 모르겠어요.

알고 지내던 분이 늙고 병들어 다른 세상으로 떠났다는 소식을 들으면 머잖아 제 일이 될 거라는 슬픈 생각이 들곤 한답니다.

요즘 우리는 하루를 살아도 아깝지 않을 만큼 행복하게 살려고 노력한답니다. 서로 손잡고 같은 곳을 바라보고 있어요.

여러분들도 마음에 담고 계신 소중한 사람이 있으실 테지요. 남은 시간 한순간도 낭비함이 없이 그분과 행복하게 지내시길 바랍니다.